**Татьяна Устинова — первая среди лучших!
Читайте детективные романы:**

Мой личный враг
Большое зло и мелкие пакости
Хроника гнусных времен
Одна тень на двоих
Подруга особого назначения
Развод и девичья фамилия
Персональный ангел
Пороки и их поклонники
Миф об идеальном мужчине
Мой генерал
Первое правило королевы
Седьмое небо
Запасной инстинкт
Богиня прайм-тайма
Олигарх с Большой Медведицы
Близкие люди
Закон обратного волшебства
Дом-фантом в приданое
Саквояж со светлым будущим
Пять шагов по облакам
Гений пустого места
Отель последней надежды
Колодец забытых желаний
От первого до последнего слова
Жизнь, по слухам, одна!
Там, где нас нет
Третий четверг ноября

РУССКИЙ БЕСТСЕЛЛЕР

Татьяна УСТИНОВА

Третий четверг ноября

МОСКВА 2009

УДК 82-3
ББК 84(2Рос-Рус)6-4
У 80

Оформление серии
С. Курбатова и *А. Старикова*

Серия основана в 1994 г.

У 80
Устинова Т. В.
Третий четверг ноября : сборник повестей / Татьяна Устинова. — М. : Эксмо, 2009. — 320 с. — (Русский бестселлер).

ISBN 978-5-699-38576-8

Потом в голове зашумело, как-то приятно, успокоительно, как будто теплый ветер подул с того самого французского виноградника, где разливали в бутылки молодое вино, и свечи загорелись особенно ярко, и сквозь теплый ветер в голове Платон подумал, что у него на самом деле никогда не было такого праздника, что это только Лёка и могла придумать!.. И еще он подумал, что дело вовсе не в божоле и не в том, что нынче третий четверг ноября, а в том, что им радостно и интересно вместе, как никогда не было поодиночке, и так теперь будет всегда!..

УДК 82-3
ББК 84(2Рос-Рус)6-4

ISBN 978-5-699-38576-8 © ООО «Издательство «Эксмо», 2009

Третий четверг ноября

ПОВЕСТЬ

> Но в том еще беда, и, видно, неспроста,
> Что не годятся мне другие поезда.
> Мне нужен только тот, что мною был обжит.
> Там мой настольный свет от скорости дрожит.
> Там любят лечь — так лечь, а рубят —
> так сплеча.
> Там речь гудит, как печь, красна и горяча.
> Мне нужен только он, азарт его и пыл.
> Я знаю тот вагон. Я номер не забыл.
>
> Ю. Левитанский.
> *«Сон об уходящем поезде»*

Конечно, она его не узнала, столько лет прошло!..

А сколько лет прошло?

Два года, что ли?.. Или уже больше? Нет, конечно, больше, больше, три с лишним! Расставались в апреле, а нынче уже ноябрь, значит, выходит, три с половиной!

...И когда они пролетели, эти три с половиной года?! Как успели?

Конечно, она его узнала.

Если бы прошло триста лет — ну, даже с половиной, — она бы все равно его узнала.

Нет ничего глупее вопросов, чем те, которые люди задают друг другу триста лет спустя.

— Ой, я тебя и не узнала! Ты как?
— Нормально, а ты как?

— И я нормально.
— А зачем ты к нам?..
— По делам. А ты все здесь?..
— А где же мне еще быть?..
— Да мало ли где...
— Нет, я здесь. Меня повысили, так что...

Про повышение было сказано не без умысла.

Умысел пропал втуне. Он не обратил внимания. Он никогда не обращал внимания на такие вещи.

Она с головой нырнула в сумку — за пропуском. А на самом деле чтобы не таращиться на него во все глаза.

Он придержал перед ней дверь — чтобы она не стукнулась в нее лбом. А на самом деле чтобы не рассматривать ее так уж откровенно!..

В вестибюле стало еще хуже, чем на тротуаре.

Во-первых, потому что голоса разносились по всему огромному и тихому помещению, отдавались от мраморной плитки. Во-вторых, здесь никого не было, кроме охранников за конторкой и нескольких опоздавших, маявшихся возле стеклянной коробки скоростного лифта.

Лёка вынырнула из сумки. Пропуск зажат в руке, и вид растерянный.

Он вдруг рассердился из-за этого ее растерянного вида. В конце концов, столько лет прошло!.. И ничего же не происходит. Он не собирается немедленно тащить ее... в «свою пещеру», и вообще никуда тащить ее не собирается!

Он рассердился и немедленно сказал глупость:

— Ну, пока! До свидания.

Она кивнула, он повернулся, и вдвоем они двинули к лифтам — «путь наверх» здесь был только один, общий для всех.

В полном молчании, плечом к плечу, они подошли к раздвижным дверям и стали.

— Здрасте, Елена Сергеевна.
— Добрый день, Слава.
— Можно я к вам зайду после совещания? У меня вопрос.
— Да, конечно.

Слава стрельнул глазами в ее спутника, будто оценил, сделал странный жест, нечто среднее между кивком и поклоном, и отвернулся.

Хорошо, что половина сотрудников новенькие, подумала Лёка. Никто ничего помнить не может.

Хотя и помнить-то нечего!..

— Здравствуйте, Елена Сергеевна! — у нее за плечом негромко сказал тот, перед которым ей было так неловко, и она с изумлением обернулась и посмотрела.

— Мы же здоровались!

— Да мы уж и прощались.

Да. Это точно. Они уже попрощались.

Столько лет прошло, она даже не узнала его там, на улице! Впрочем, она сразу его узнала.

Лифты пришли, как водится, все одновременно, и в просторном хромированном пространстве, увеличенном зеркалами и полировкой, она и он, конечно же, оказались вдвоём.

— Тебе какой?

— Шестой.

Он нажал две кнопки. Она не стала смотреть, какая вторая.

— Как ты живёшь, Лёка?

Она улыбнулась храброй, независимой улыбкой.

— Я хорошо. А ты как живёшь, Платон?..

Его звали Платон Легран, надо же такому быть!..

Была какая-то невразумительная история про петербургского дедушку-ресторатора, а может, и не дедушку вовсе, а прадедушку или прапрадедушку, оставившего в наследство такую фамилию. Платон никогда подробно не рассказывал, а то, что рассказывал, Лёка слушала вполуха, из вежливости.

Слишком много в последнее время развелось потомков дедушек-рестораторов, дедушек — великих князей, бабушек — балерин Мариинского театра, тетушек-фрейлин и дядюшек-камергеров.

Все вранье!..

Камергеры, князья и балерины — которых не успели расстрелять — отбыли в Париж, а остальные сгнили на каторге и «вольных поселениях».

Потомок ресторатора посмотрел на нее, усмехнулся загадочно и пожал плечами — видимо, таким образом отвечал на ее вопрос о том, как он живет.

Лифт тренькнул, кабина дрогнула и остановилась.

Вот и поговорили.

— Ну... пока. Да?

— Кофе пить со мной не пойдешь?

Лёка засмеялась.

Если бы прошло триста лет — ну, даже с половиной, — она все равно узнала бы его по этому вопросу. Ни такта, ни деликатности, ни понимания, ничего!

— Не пойду, — сказала она и опять засмеялась, — а тебе что, делать нечего, среди бела дня кофе распивать с... — она поискала слово, не сразу сообразив, как себя поименовать.

С бывшей любовницей? Со старой знакомой? С давней подругой?

— С тобой, — подсказал Платон Легран. Двери лифта бесшумно закрылись, и кабина опять поехала. — Я среди бела дня хочу распивать кофе с тобой. А что тут такого?

— Ничего, — проскрежетала Лёка. Он увез ее на другой этаж!.. — Нет, Платон, у меня дел полно, я и так опоздала!..

Лифт остановился.

— Ну, — спросил ее спутник весело, — теперь на первый двинем?

Лёка посмотрела на него почти с ненавистью.

Господи, она и забыла, какой он... противный. Самоуверенный, упрямый, привычно слушающий — и слышащий! — только себя.

— Точно не пойдешь?

Лифт опять дрогнул, и двери опять сошлись. Он наугад нажал какую-то кнопку, и они поехали.

— Слушай, — сказала Лёка, — я хочу выйти. Выпусти меня, пожалуйста.

— Высадка пассажиров осуществляется только на остановке. Вот сейчас будет остановка, и ты выйдешь.

И она вышла. Оказалось, он привез ее на шестой этаж, собственно, как раз туда, куда надо.

Она кивнула, очень раздраженная, — он знал эту ее манеру кивать, снизу вверх, когда она сердилась или была недовольна, — и, изо всех сил стараясь не коснуться его ничем, ни пальто, ни сумкой, держась очень прямо, вышла из лифта и пошла по сверкающей плитке. Звук ее каблуков отдавался от мраморных стен.

...Почему стены мраморные?.. Как в гробнице или турецкой бане! Ну, на черта здесь мраморные стены?!

Платон знал ответ на этот вопрос: потому что в последнее десятилетие нефть была очень дорогая, вот и вся премудрость! Потому и стены мраморные, и полы мозаичные, и фонтаны на каждом этаже, и «Лексус» у любого мелкого деляги. И ПТУ поэтому же называется «колледж», библиотечный институт «университетом управления культурой», а любая барышня, пишущая в эсэмэске «встретимся в понедельник», именует себя «психолог-консультант».

Еще есть барышни-дизайнеры, барышни — телевизионные ведущие — никогда невозможно узнать, что именно они ведут и, собственно, куда, — есть барышни-продюсеры, барышни-журналистки, барышни-бренд-менеджеры.

Только барышень-крестьянок не осталось ни одной, все повывелись!..

Не ко времени она попалась ему на глаза, его бывшая барышня-начальник!..

Ему нужно было в офис адвоката Астахова, и, неожиданно для себя приехав опять на первый этаж, Платон некоторое время соображал, на каком же этаже этот самый астаховский офис. Сообразив, он опять погрузился в лифт и поехал.

Охранники проводили его изумленными взорами. Мало кто в этом шикарном здании на Поварской просто так развлекал себя катанием на лифте вверх-вниз!.. Платон помахал им рукой — из вредности.

Они не сталкивались... сколько? Года три, наверное! А может, и больше. Впрочем, он всегда плохо помнил имена и даты, особенно такие, с которыми было связано что-то болезненное или неправильное.

Все, связанное с Лёкой, было болезненным и неправильным!

Не все, услужливо подсказала ядовитая и подлая память. Не все, не все!..

А третий четверг ноября? Молодое божоле? Ночь, дорога? Ничего такого ты не помнишь, конечно, но я-то точно знаю, как было, и ты можешь притворяться сколько угодно, лихачить, потряхивать гривой, приглашать ее на кофеек — гадость какая! — но я, твоя память, сейчас все тебе покажу! Хочешь?..

Он не хотел. Ей-богу, он не хотел, но было уже поздно.

Даже в этом слове — «божоле» — было что-то Лёкино, веселое, присущее только ей. По крайней мере, так ему когда-то казалось. Он не любил вино, и ничего в нем не понимал, и даже слегка гордился этим непониманием. В последнее время все до одного менеджеры средней руки, вчерашние выпускники все того же ПТУ, вдруг напропалую стали разбираться в винах, бриллиантах, марках одежды, в серфингах, дайвингах, флайфишингах, тест-драйвах, хорсингах, урожаях две тысячи пятого года, лакированных ботинках и «парфюмах с феромонами». Платон Легран пополнять собой легион разбирающихся и посвященных не желал решительно, а потому не разбирался и не посвящался.

Лёка его посвятила.

Нет, конечно, он слышал о том, что в третий четверг ноября следует пробовать молодое божоле, то есть красное вино нового урожая, и это вроде бы даже праздник там, где выращивают виноград и делают из него вино, то есть во Франции. К нему, Платону Леграну, этот праздник никакого отношения иметь не мог.

Он не выращивает виноград и не делает из него вино!..

— Ты что?! — сказала ему Лёка, когда он изложил ей все, что думает по поводу божоле, феромонов и лакированных ботинок. — Это же так здорово!

— Я не люблю красное вино. Ты же знаешь, я пью виски, и точка.

— Точка, точка, запятая, — пропела Лёка, подняла ему на лоб очки и быстро поцеловала в губы. Она любила сделать что-нибудь неожиданное. — И твоя кривая рожа тут совершенно неуместна! И красное вино ни при чем!

— Как ни при чем, когда «божоле» — это и есть вино?!

— Третий четверг ноября, — торжественно объявила Лёка, — это предчувствие праздника, понимаешь? Это красные рождественские цветы, которые ставят на стол, чтобы праздник уже поскорее приходил! Это свечи, белая скатерть, горячее мясо и молодое вино в пузатом стакане! Это значит, что год на исходе и что времени осталось всего ничего, только доделать дела, подвести итоги, в последний раз собраться с мыслями перед Новым годом! Ты же не знаешь, что там, впереди! — И она длинно присвистнула. — За далью даль!..

— Ты что, — спросил Платон, прищурившись, — романтическая особа?..

— Сам ты романтическая особа, — сказала Лёка. — Мы немедленно едем в ресторан, ты оставляешь там машину, и мы надираемся красным вином. Согласен?

— Н-нет. У меня завтра с утра дела, и я не готов...

— Ты скучная, занудная, старая кляча, — объявила Лёка. Она знала, что он поедет и будет проделывать все, что ей хочется, так было всегда, и ей казалось глупым в этом сомневаться. — Ты даже не знаешь, от чего отказываешься!..

Он и вправду не знал.

По дороге она передумала и велела ему ехать в магазин, а не в ресторан, и он был ей за это благодарен.

Кажется, он даже думал тогда о том, как именно он благодарен, ядовитая колючка-память, впившаяся в сознание, проткнула насквозь твердую и надежную защитную оболочку, и те бывшие, позабытые, утратившиеся эмоции теперь вырывались наружу с тонким, протяжным, тоскливым свистом. Среди этих эмоций совершенно точно была благодарность.

Она не потащила его в ресторан, потому что знала: он ни за что не бросит в центре Москвы свою обожаемую машину, и не станет пить молодое божоле, и в ресторане у них не получится «предчувствия праздника»!..

Они поехали в магазин и купили там несколько темных бутылок, украшенных странными, непривычно яркими затейливыми этикетками — как на пластмассовых йогуртовых бутылочках. Должно быть, молодому божоле полагаются именно такие нелепые этикетки, кто его знает. Еще они купили мяса, сыра и, кажется, ореховый торт, так и оставшийся невостребованным.

Как-то моментально, в два счета, Лёка соорудила ужин: и свечи были, и пузатые бокалы, и они тянули это самое божоле, как воду, и Платон все пытался его нюхать, объявив ей, что точно знает — в вине должны быть букет, аромат, послевкусие и еще «нотки», как же без них!.. Должны быть «нотки» красной смородины, горького ириса, сладкой черешни и немного жгучего перца!

Ничего не вынюхивалось — ни перец,

ни черешня, ничего!.. Должно быть, он и вправду не понимал в вине.

Потом в голове зашумело, как-то приятно, успокоительно, как будто теплый ветер подул с того самого французского виноградника, где разливали в бутылки молодое вино, и свечи загорелись особенно ярко, и сквозь теплый ветер в голове Платон подумал, что у него на самом деле никогда не было такого праздника, что это только Лёка и могла придумать!.. И еще он подумал, что дело вовсе не в божоле и не в том, что нынче третий четверг ноября, а в том, что им радостно и интересно вместе, как никогда не было поодиночке, и так теперь будет всегда!..

И так на самом деле было целую вечность — до самого апреля.

«Продолжать, — поинтересовалась ядовитая старуха-память. — Или хватит пока?..»

Третий четверг ноября!..

А еще на кофе пригласил и спрашивал, сделав специальный мужественный голос, пойдет ли она!..

Должно быть, память не только отравила сознание, но и что-то сделала с его лицом, потому что астаховская секретарша Маша, едва он вошел в офис, убралась от него за перегородку и оттуда тоненьким голоском спросила, чего Платон Алексеевич желает, чаю или кофе.

— Молодого божоле, — пробормотал Платон Алексеевич. — Ведро и половник. Взболтать, но не перемешивать.

— Простите, пожалуйста? Еще раз, пожалуйста?

Он никак не мог отделаться от мысли, что Лёка где-то рядом. Всего несколько стен, какое-то количество мраморной плитки, мозаичных полов, пара фонтанов — и он ее увидит. Для этого ничего особенного не нужно, просто дойти до ее рабочего места. Он даже представил себе, как она выглядывает из-за стеклянной стены и какое у нее становится лицо.

За несколько прошедших лет они так ни разу и не встретились.

Странно — мы все время были в городе одном!..

Платон несколько раз заезжал к Павлу Астахову и каждый раз думал, увидит он Лёку или нет, и так ни разу и не увидел. А сегодня они столкнулись нос к носу.

Должно быть, оттого, что ноябрь.

Лёка тоже думала про ноябрь и про то, что день начался неудачно, меньше всего на свете она хотела увидеть свою прошлую жизнь во всей красе! У «прошлой жизни» были очки, длинный нос, вечно скособоченный на сторону шарф, пристальный, даже какой-то прилипчивый взгляд, странная манера шутить, вечно грязная машина и нелепейший желтый портфель, всегда набитый бумагами.

Ужасный человек. Ужасный.

— Елена Сергеевна, генеральный просил зайти.

Лёка сделала над собой усилие, чтобы вернуться в реальность.

Ах да. Рабочий день. Сегодня совещание, от которого коллектив не ждет ничего хорошего, потому что всем было объявлено, что увольнения начнутся еще до Нового года и продолжатся после. А как же иначе: в Штатах кризис ипотечного кредитования, поэтому у нас в офисе увольнения!.. Что непонятно?!

— Елена Сергеевна!

— Так, — сказала Лёка и провела рукой по лицу, словно стряхивая ненужное выражение, — значит, что? Совещание отменяется?

Помощница Даша — впрочем, у них в офисе в полном соответствии с велениями времени все помощники именовались «ассистентами» — округлила глаза, а заодно и губы, как будто собралась произнести букву «о».

— Ну, что-о-о вы, Елена Сергеевна! Совещание не отменяется. Партнеры уже приехали и ждут в зимнем саду. Но генеральный все равно просил вас зайти.

— Лучше бы ждали в Летнем саду.

— А?

— Даш, дайте мне кофе, только покрепче и прямо сейчас. Слава просил принять его после совещания, вы позвоните ему и скажите, что я пока не знаю, во сколько оно закончится. Если очень поздно, то лучше пусть зайдет завтра.

Даша помедлила, а потом сказала грустно:

— Он, наверное, боится, что его уволят. У него жену уже уволили, а они кредит взяли на квартиру...

Лёка кивнула. А что ей оставалось делать?.. Она понятия не имела, уволят Славу или нет. Она даже как следует не знала, чем этот самый Слава занимается.

— Елена Сергеевна, — Даша вдруг закрыла за собой дверь и придвинулась поближе к ее столу, Лёка посмотрела на нее, — скажите, нас всех уволят, да? Всех?

Эти разговоры в последнее время стали постоянными. Про увольнения говорили в курилке, в буфете, на лестнице, где собирался «дамский клуб» просто так, поболтать. Больше болтать было решительно негде, ибо стеклянные стены были повсюду, кроме сортиров.

Кто-то из американцев времен Великой депрессии пошутил печально, что спад — это когда увольняют соседа, а кризис — когда тебя самого. Всех соседей медленно, но верно увольняли, и, как приговоренный ждет падения гильотины на собственную беззащитную шею, так, затаившись, закрыв глаза и прижав уши, все ждали, когда очередь дойдет «до нас». Но надежда — самое живучее, что есть в человеке, — все-таки шептала упрямо: может, пронесет, может, обойдется, мы-то ведь другое дело, не то что наши соседи!..

— Елена Сергеевна, ведь если уволят, то я прямо не знаю, как жить!..

— Надеюсь, что не уволят, Даша. Или уволят, но не всех.

— А... меня, Елена Сергеевна?

Лёка рассердилась.

Она всегда сердилась, когда не знала, что ответить.

— Даша, я даже не знаю, не уволят ли меня!.. Правда. Как только узнаю, сразу скажу, я вам обещаю. Пока я работаю, вам ничего не угрожает.

Даша шмыгнула носом, кажется, собиралась зареветь.

— Правда?

— Дайте кофе, а?

Платон Легран говорил ей, что она не умеет выстраивать отношения с подчинёнными. Он говорил, что подчинённые непременно садятся ей на шею и она не только делает за подчинённых всю работу, но ещё разбирает их семейные проблемы, ссужает деньгами, рекомендует, в какую школу лучше всего определить детей, а заодно и решает за них контрольные работы, если тем приходит в голову фантазия пойти куда-нибудь учиться. При этом она сама же, как начальник, за эту учёбу ещё и платит, а потом даёт прибавку к жалованью, ибо после учёбы квалификация сотрудников необыкновенно повышается!..

Лёка очень на Платона злилась, кричала, что он считает её полной дурой, и доказывала, что ничего такого она не делает, просто людям нужно помогать. Он никогда её не слушал, безнадёжно махал рукой, и диспут захлёбывался.

Телефон зазвонил, и Лёка, даже не посмотрев, быстро сняла трубку, только чтобы не видеть Дашиной несчастной физиономии.

Звонил генеральный:

— Лен, ты чего не идешь?

— Куда?!

— Ко мне, — сказал генеральный, немного подумав, как будто не сразу сообразил, куда именно она должна идти. — А что такое? Я же твоей ассистентке сказал — срочно!

— Я иду, Андрей.

Лёка поднялась со стула, нашаривая в кармане пиджака мобильный телефон, который следовало бы выложить, иначе он непременно зазвонит в самый разгар совещания. Переключать его на режим вибрации Лёка не любила:

Во-первых, для этого следовало нажать десяток кнопок в строго определенном порядке, и к концу процедуры от нетерпения она всегда начинала рычать.

Во-вторых, Платона всегда очень развлекала эта самая «вибрация». Каких только шуток он про нее не отпускал!..

Ужасный человек.

— Даша, почему вы мне не сказали, что генеральный вызывал срочно?!

Даша опять округлила глаза и губы, словно намереваясь произнести букву «о».

— А-а-а... я... не поняла, Елена Сергеевна... он как-то так сказал... вернее, не он сказал, а его ассистентка...

Ну да, конечно. Ассистентка.

— Даша, иногда нужно слушать, что вам говорят. Особенно если говорит генеральный!..

— Я слушала...

Лёка наконец вытряхнула телефон, подхватила со стола записную книжку, бросилась к двери, вернулась и стала копаться в бумагах.

— Дайте мне хоть какую-нибудь ручку! Быстро!..

— Вот, Елена Сергеевна. Вот ручка!..

Лёка сунула ручку в карман, мимоходом подумав, что она непременно потечет и изгваздает пиджак. Ручки всегда так делают. Потом Лёка захлопнула крышку ноутбука и сунула его под мышку. Генеральный очень любил, когда подчиненные являлись к нему в кабинет с компьютером, чтобы приступить к выполнению его указаний, так сказать, непосредственно у него на глазах.

— Зачем вы пишете ручками на бумаге?! — воскликал генеральный. — В наш век компьютерных технологий это просто варварство какое-то и позавчерашний день! Вы что, потом будете сами себя перепечатывать?!

Он даже мысли не допускал, что не все его указания годятся в дело, что иногда — и даже довольно часто, по правде говоря! — перепечатывать ничего не приходится, а конспектировать его умные и всегда своевременные мысли на компьютере не слишком удобно, особенно тем, кто не заканчивал курсов машинописи. Поэтому Лёка брала на совещания и то, и другое — ручкой она варварски записывала в блокнот, а включенный компьютер самодовольно гудел рядышком, в соответствии с требованиями двадцать первого века.

Лёка уже была за дверью, когда зазвонил мобильный, и она не стала отвечать.

Генеральный был озабочен.

Сам про себя он сказал бы — чертовски озабочен.

Генеральный любил не только ноутбуки и шагать семимильными шагами в двадцать первый век, но еще и красиво выражаться.

— Закрой дверь, — приказал чертовски озабоченный генеральный.

Лёка закрыла, села на свое всегдашнее место слева от него, одним движением раскрыла компьютер, выложила блокнот и достала из кармана ручку, которая вроде бы пока не протекла.

— У нас проблемы, — сообщил генеральный и побарабанил пальцами по столу. — Боюсь, что очень серьезные.

Лёка вдруг по-настоящему забеспокоилась. Как пить дать, он собирается сказать, что в период банковского и страхового кризиса в Штатах их контору на Поварской в Москве придется закрыть.

Хорошо Даше, она может умоляюще смотреть в глаза и спрашивать жалобно: «А меня тоже уволят, да?». — А что делать ей, Елене Сергеевне?.. Умолять бессмысленно. Просить бесполезно. Рассказывать о своей тяжкой доле глупо, и это ни к чему не приведет.

У генерального доля еще тяжелее, у него столько народу на руках!..

Гильотина дрогнула в пазах, пошла сначала медленно, а потом стала стремительно падать.

Лёка выпрямилась, расправила плечи и начертила в ежедневнике длинную синюю линию.

Ну, как говорится, подведем черту!..

Генеральный обошел стол и сел рядом с ней, чего за ним отродясь не водилось.

— Слушай, Лен, у нас эта дура в Питере пропала, — сказал он ей в самое ухо, — и я не знаю, чего теперь делать. В милицию звонить глупо, да и не примут они заявление, я же не ее муж!..

И пропала она всего два дня назад, а в милиции, кажется, принимают только через три. А в Питере все ждут, понимаешь? Сегодня звонили уже три раза, а я даже не знаю, что отвечать!..

Лезвие гильотины замерло в двух сантиметрах от шеи казнимого.

— Подожди, Андрей Владимирович, — попросила Лёка и опустила плечи, которые до этого держала чрезвычайно прямо, — я ничего не понимаю. Какая дура в Питере пропала?..

— Василькова. Жена этого твоего!.. Господи, — вдруг рассердился генеральный, — ну, что ты, правда, никак не можешь сообразить?!

Она сообразила, конечно.

Анастасия Василькова, жена Артема Василькова — бывшая, бывшая, конечно, — работала у них в юридическом отделе. Артем возглавлял службу безопасности, и с Лёкой у него был роман.

Даже, наверное, не роман, а любовь. По крайней мере, Лёке хотелось на это надеяться.

— Вот я и решил с тобой посоветоваться, может, ты у него спросишь потихонечку, куда она могла деться в Питере, может, у нее там двоюродная тетя или бабушка по материнской линии!.. Ну, хоть где она может находиться вместе с нашими договорами!.. — Тут генеральный, человек во всех отношениях культурный и устремленный в двадцать первый век, вкрутил такое крепкое словцо, что Лёка слегка отодвинулась и быстро взглянула ему в глаза.

Глаза были несчастные.

Дело, как видно, и впрямь серьезное.

— Андрей Владимирович, ты мне толком бы объяснил что-нибудь.

Генеральный махнул рукой, чуть не задев Лёку по носу, потом вскочил и стал бегать по кабинету у нее за спиной. Его отражение мелькало и пропадало в огромном черном омуте телевизионной панели, висевшей на противоположной стене.

— Да нечего объяснять, по большому счету!.. Эта Василькова повезла документы питерским партнерам. Должна была позавчера передать их на подпись, а вчера уже вернуться. Рассказов звонит — ни документов, ни Васильковой! Позавчера нет, вчера нет и сегодня тоже нет!.. Куда девалась — непонятно. Куда документы девались — тоже неясно. Телефон у нее не отвечает. В гостиницу звонили, там говорят, в номере ее нету, хотя она... как это называется... заселилась. Заселиться заселилась, а потом пропала. И чего делать? Шум поднимать?

— Шум? — переспросила Лёка.

От мелькания генерального в телевизионной панели у нее вдруг заболела голова, а может, оттого, что она подумала, как именно станет говорить Артему, что его бывшая жена... пропала!

— Ну да! Шум. В милицию сообщать и всякое такое. Нужно сначала у него узнать поделикатней, куда она могла в этом Питере провалиться! Ну, наверняка он знает ее родственников, знакомых, подруг!

— Наверняка знает, — повторила Лёка. — А что за документы, Андрей Владимирович?

Генеральный с размаху, как будто у него кончился завод, кинул себя в кресло. Кресло закачалось.

— Да в том-то и дело, — сказал он раздраженно, — что документы не простые, а золотые!.. Юристы полгода согласовывали с финнами, а те все ни в какую! Наконец-то согласовали, подписали, осталось только питерцам подписать! Вот-вот деньги должны пойти, это по нынешним-то временам! А документов нет, да еще оригиналов, понимаешь?..

— Да это я понимаю, — согласилась

Лёка. — Я только одного не понимаю: эта Анастасия Василькова в юридической службе кем работает? Курьером? Рассыльной?

— Есть у нее какая-то должность, специалист первой категории, что ли! Какая тебе разница?

— А почему именно она документы в Питер повезла?

— Потому что курьера нельзя было посылать. Она же должна была с питерским начальством встречаться, чтоб оно подписало, а ты сама понимаешь: с начальством встречаться — дело вовсе не курьерское, да и хорошенькая она, эта Василькова!.. Все от нее в восторге, а когда партнеры в восторге, они и документики быстрей подписывают!

Бывшая жена Артема на самом деле была очень хорошенькой, и Лёку это всерьез огорчало.

Она сама никогда не была «хорошенькой»!

— Ну, спросишь у него, Лен? Наверняка он знает! И хорошо бы в Питер по-быстрому слетать, поискать ее. — Генеральный заглянул ей в лицо. — Лен, я тебя умоляю, возьми своего Василькова и слетайте, а?

— Я?!

— Ну а кто?

Лёка не нашлась, что ответить.

— Если мы бумаг не найдем, придется всю канитель сначала заводить, а это значит, что никаких договоров не будет! Мы даже в прошлом году еле-еле наши условия протолкнули, а в этом!.. — Андрей Владимирович горестно махнул рукой и помолчал. — И там, в бумагах этих... много всяких таких сведений... в общем, не нужных третьим лицам!

— Секретных, что ли?! — язвительно спросила Лёка.

— Да не секретных! Но там сроки, номера счетов, юридические адреса, ну, ты ж понимаешь!

— Слушай, Андрей Владимирович, — помолчав, начала Лёка, — а тебе в голову не приходит, что ее там могли, я не знаю, убить, взять в заложники, переехать трамваем?! Тебя только бумаги интересуют, и больше ничего?! И как ты это себе представляешь? Вот прихожу я к Артему и говорю: твоя бывшая жена в Питере пропала, на связь не выходит уже который день. Но это все ерунда, главное, у нее документы были важные, и по ним питерские партнеры плачут. Поедем, найдем бумаги! Так, что ли?

— Я не знаю как! — заорал генеральный тихим голосом, чтобы не услышали в приемной. — Я знаю, что, кроме Василькова и тебя, мне послать туда некого. Одного его я не могу, он там сгоряча чего-нибудь напортачит!

— В милицию надо заявлять, — твердо сказала Лёка, — а то мы с тобой погорим на самодеятельных расследованиях.

— Не нужно никакого, боже сохрани, расследования! Нужно выяснить, где она, и передать по назначению бумаги, и дело с концом!

— Андрюш, — сказала Лёка, дивясь его тупости, — ты понимаешь, что она может быть в морге?!

— Тьфу-тьфу-тьфу, — сплюнул через плечо генеральный, семимильными шагами направляющийся в двадцать первый век, — постучи по дереву!

— Да где тут у тебя дерево?! Стекло сплошное и пластик.

— Вон дерево. В кадке.

Лёка посмотрела в сторону окна. Там действительно стояло дерево в кадке. Она поднялась, подошла и постучала по стволу. Жидкая крона заколыхалась, а с листьев, кажется, посыпалась пыль.

— Я тебе говорю, надо в милицию заявлять! — повторила она.

— А я тебе говорю, что заявить мы

всегда успеем! Ты завтра все там разузнаешь, и если уж совсем никаких следов нет, значит, будем заявлять! Кстати сказать, мы и заявить не можем, только родные!.. Ты не в курсе, у нее есть муж, кроме этого бывшего, который теперь твой?

Лёка вдруг оскорбилась:

— Андрей Владимирович, ты знаешь, что он мне пока не муж. И про его бывшую жену мне тоже почти ничего не известно.

Это прозвучало фальшиво, по крайней мере, сама Лёка расслышала в собственном голосе отчетливую ненатуральность.

Про бывшую жену она как раз знала очень много. Настолько много, что хотелось бы поменьше. Вот, например, кем Настя работает у них в компании, Лёка никогда не интересовалась. Даже не просто не интересовалась, а несколько нарочито. Ну, чтобы не ставить Артема в двусмысленное положение. Получается, что бывшая жена никто, а новая подруга, считай, большой начальник. Какой нормальный мужик это переживет?!

Артем был совершенно нормальным мужиком и нежным мужем, покуда был женат, а после развода стал нежным *бывшим* мужем.

Когда у Насти начиналась ангина, или она ссорилась с мамой, или не могла управиться с дочерью, или заканчивались деньги, она звонила Артему. Впрочем, даже когда ничего этого не происходило, она все равно звонила Артему и они разговаривали подолгу, тщательно, детально, со вкусом, и Лёка эти их разговоры ненавидела! В конце концов, они давно развелись, и теперь главное место в жизни Артема принадлежит ей, Лёке, а вовсе не бывшей жене!..

Собственно тогда, триста лет назад, она рассталась с Платоном, потому что появился Артем — настолько другой, настолько на него не похожий, настолько родной, понятный и милый, что даже сравнивать его с «ужасным человеком» было нелепо.

— Я заказываю билеты, — подвел итог генеральный. — Прямо на сегодня. Мой водитель отвезет тебя в Домодедово.

— Мне еще надо предупредить Артема.

— Значит, предупреди. На самом деле я уверен, что ничего там страшного не случилось! И не делай такое трагическое лицо, пожалуйста!

Лёка оглянулась уже от двери.

— На самом деле мы не знаем, что именно там случилось, — сказала она, —

а радостным свое лицо я сейчас сделать не могу!

Она вернулась в свой кабинет, уселась к столу, подперла подбородок кулачком и стала смотреть на крошечный глобус искусной работы — подарок Артема к прошлому Восьмому марта, а может, к седьмому ноября. Он любит дарить ей подарки.

— Мы же с тобой объедем весь мир, — сказал он тогда смущенно и сунул глобус ей в руку, — правда?

Лёка с восторгом согласилась — правда, правда!.. — и водрузила глобус на стол. Теперь он сиял и переливался голубыми, серебристыми и зелеными извилистыми линиями у нее перед носом.

Вот океаны, синие-синие, и по ним пущены выпуклые бурунчики белой пены. Хорошо там, в океане, на клипере, под парусами!

Вот экваториальные леса, зеленые-зеленые, и по ним пущены извилистые дорожки голубых тропических речек. Хорошо там, на экваторе, — макаки на деревьях, змеи на ветках, и везде заросли, заросли!..

Вот пустыня, желтая-желтая, а по ней шагает караван верблюдов, и бедуины в белых платках, закрывающих лицо, идут, покачиваясь. Хорошо бедуинам!..

Так, что мы имеем?

Пропала бывшая жена нынешнего сердечного друга. Генеральному на нее наплевать — наплевать решительно! — но его волнуют документы, которые пропали вместе с ней. Задача Лёки — поехать в Питер, быстренько провести расследование, найти бумаги, попутно установить, где находится бывшая жена, не слишком обременяя начальство катаклизмами, которые могли с этой женой случиться. При этом она, Лёка, должна еще прихватить с собой Артема, который впадает в панику, даже когда у его бывшей делается насморк.

Он уверен, что она, эта бывшая, — совершенно не приспособленный к жизни человек. Не проследишь за ней, так она ложку мимо рта пронесет.

Впрочем, про ложку Лёка сама придумала!

Вряд ли у не приспособленного к жизни человека есть в Питере удалые друзья, способные увлечь его, этого человека, в многодневный загул, так что он даже о своих служебных обязанностях позабыл!..

Значит, случилось что-то на самом

деле серьезное, и генеральный просто не разрешает себе думать о том, насколько серьезное!

— Елена Сергеевна, ассистент генерального просит ваши паспортные данные. Говорит, что это для билетов на самолет. А вы что, улетаете, Елена Сергеевна?

— Видимо, улетаю, Даша.

— Елена Сергеевна, а нас не увольняют?

— Даш, найдите Василькова и соедините меня с ним.

Почему-то звонить по мобильному ей не хотелось.

О ее связи с шефом службы безопасности, конечно, знали все сотрудники до единого, и все делали вид, что не знают.

Триста лет назад точно так же делали вид, что не знают о ее связи с Платоном Леграном. К счастью, тогда были другие сотрудники. Почти все.

— Это не организация, — как-то скорбел подвыпивший генеральный на новогодней вечеринке, когда за столом остались только он, пара замов, бухгалтерша, которую все звали Раиса Захаровна, хотя на самом деле она именовалась Татьяна Петровна, и в стельку пьяный благодушный финн, предполагаемый партнер. Финн остался только потому, что его совсем не держали ноги, и это его очень веселило. Все остальные разбрелись по темным углам — обжиматься, целоваться, миловаться, шептаться, обниматься, сливаться и качаться.

Такая форма досуга называется почему-то «корпоративная вечеринка».

— Это не организация, — скорбел генеральный, чокаясь с замами и финном, таращившим бессмысленные веселые глаза, — это публичный дом какой-то! Ведь знаю, знаю! — Тут он поднял палец. — Знаю, что бабам нельзя работать вместе с мужиками! А что делать?!..

А Лёка, то есть в этом случае как раз не Лёка, а Елена Сергеевна Беляева, начальник технического департамента, была уверена в обратном.

Елена Сергеевна была уверена в том, что только на работе можно встретить «главную любовь своей жизни», — звучит ужасно, но это правда! Тем не менее «главная» любовь тем и отличается от «второстепенной», что пролегает, так сказать, по самому центру жизненного, так сказать, пространства. А что там есть, в этом центре? Все правильно, работа! Самое главное, самое важное, самое интересное в жизни современного человека, и особенно современной женщины, происходит именно на работе. А где же еще этому важному происходить? Не у плиты же, не у стиральной машины, не в детской поликлинике с баночкой младенческих поделок, зажатой в руке, право слово! Взрослым людям нужны какие-то общие дела, и это не совместный просмотр сериалов или обсуждение «тройки» по природоведению у сына! Пары из разных миров, с разными интересами обречены на вымирание, такие пары, а вовсе не блокнот с ручкой вместо компьютера как раз и есть анахронизм и пережиток.

Вот, к примеру, они с Платоном Леграном так и вымерли — общих интересов-то не было! Пока он консультировал их проект, все шло хорошо, а потом стало плохо.

Его решительно не интересовало Лёкино повышение и что именно сказала на совещании Алла Николаевна о ее новом предложении.

Ее абсолютно не касались его научные изыскания и что именно сказал Михаил Наумович по поводу его статьи в американском журнале.

С Артемом у Лёки как раз была «генеральная» любовь, или «главная», — она время от времени путалась в собственных терминах. Он все знал про ее работу, ликовал по поводу ее повышений, а она сочувствовала, когда у них в службе начинались «интриги» и некий Валера пытался Артема подсидеть, но он подрезал Валере крылышки на самом взлете. Артем знал начальников и подчиненных, знал, кто кому дышит в затылок, кто как себя ведет, когда напьется, у кого на дне рождения всегда скучно, а у кого весело, и темы для разговоров никогда не иссякали.

Если бы не бывшая жена — не приспособленная к жизни! — все было бы просто прекрасно.

И вот теперь она пропала, ищи ее!..

Ужаснувшись собственным мыслям, Лёка быстро и воровато оглянулась, словно проверяя, нет ли поблизости кого-нибудь, кто мог бы их подслушать.

Никто не подслушивал.

Как же она ему скажет?..

«Артем, твоя бывшая жена пропала. Артем, у нас неприятности. Артем, ты только не волнуйся, еще ничего не случилось». Или случилось?..

«Ничего особенного, мадам, вашего мужа зарезали».

Тут Лёка опять ужаснулась.

Должно быть, она плохой, злой, эгоистичный человек, и зря Платон упрекал ее в излишнем человеколюбии и редкостном умении взгромождать на себя чужие неприятности!..

Знает Артем или не знает?.. Вчера они не встречались, потому что Лёка с подругой Маринкой «посещала премьеру». Лёка не была заядлой театралкой, а Маринка была, но ходить одной ей было скучно, и время от времени, когда наставала Лёкина очередь, Маринка брала ее с собой. Все Маринкины походы в театр были строго распределены между друзьями и знакомыми.

Культпоход вышел неудачным — свидание с Артемом Лёка пропустила, и премьера ей не понравилась. Весь первый акт она чувствовала себя полной идиоткой, потому что зал реагировал — хохотал, хлопал, по нему, как по весеннему полю, пробегал легкий и приятный ветерок одобрения, — а Лёка никак не реагировала. Шутки были не смешные, актеры играли плохо, принимали позы и говорили ненатуральными голосами. Впрочем, в программке было написано, что «подчеркнутая театральность, ломаность линий, странность не столько самой пьесы, сколько актерской игры, и есть основная концепция молодого талантливого режиссера Б.Ш. Бузукова, его особое видение».

Игра действительно была странной, а пьеса вовсе нет.

Давали «Чайку».

Молодой и талантливый Б.Ш. Бузуков на фотографии выглядел представительным дядей лет сорока пяти с немного кривым носом. Должно быть, для того, чтобы подчеркнуть, что кривизна эта неспроста, на голову он нахлобучил бархатный испанский берет и таким образом стал уж окончательно похож на режиссера.

В общем, всем нравилось, а Лёке нет, и она никак не могла понять, нравится ли Маринке. Та все время как-то подозрительно закрывалась от нее программкой.

В антракте выяснилось, что и ей не нравится и программкой она закрывалась, чтобы незаметно посмотреть на Лёку и проверить, нравится той или нет.

На второе действие они не остались. Немного пристыженные, под строгими взглядами гардеробщиц — ку-уда?! А досматривать?! А аплодировать?! А кричать «браво-о-о»?! — они быстро оделись и выбежали на улицу, на театральное крыльцо, под яркий вечерний свет фонарей.

На крыльце лежал тонкий пушистый снег. Откуда он взялся? Когда они заходили в театр, в Москве была осень, непроглядная, мрачная, без всяких надежд на зиму, а когда выскочили, оказалось, что зима пришла. Весь бульвар был тихий и чистый, как будто обновленный. И деревья стояли не шелохнувшись, принимая первое снеговое омовение, и машины под этим тихим и ровным снегом шли какие-то торжественные и даже, казалось, не такие грязные, как всегда.

По поводу первого снега и премьеры «Чайки» решено было домой не ехать, а идти по бульвару до первого ресторана и там «засесть». Они пошли, поддерживая друг друга под руки, чтобы не упасть — скользко было! — хохоча и радуясь тому, что удалось смыться.

Короче, с Артемом Лёка вчера так и не встретилась, а после ресторана и звонить не стала, поздно уже было, и она чувствовала себя виноватой, что бросила его под предлогом «Чайки», а сама потащилась в ресторан.

Кроме того, она была навеселе, и это ее тоже смущало.

Если вчера он звонил бывшей жене, значит, все уже знает. А может, та сама ему звонила, и он как раз знает «наоборот» — что все в порядке, просто у нее украли сумку с мобильным телефоном и всеми деньгами, и теперь она сидит в гостинице и даже не может из нее выйти, чтобы доехать до офиса питерских партнеров?!

С ней всякое может случиться!..

— Елена Сергеевна, Артем Валерьевич на второй линии.

— Лена, — быстро сказал он, и голос его был ужасен. — Настя пропала.

Фу-у-ты, господи! Лёка моментально вышла из себя. Хоть бы эта Настя совсем пропала!..

Нет, так нельзя, это нехорошо.

Должно быть, она, Лёка, плохой, злой, эгоистичный человек!

— Я позавчера ей не дозвонился, — говорил между тем Артем, и трубка нервничала вместе с ним, Лёке пришлось немного отодвинуть ее от уха, — хотя раз пять звонил, наверное! И вчера она тоже ни разу трубку не взяла. Лен, у нее там что-то случилось, я это чувствую! Зачем только ее отправили в эту командировку?! Сто раз я ей говорил — не езди, ты все равно одна никогда не справишься!..

— Тем, — перебила Лёка, глубоко вдохнула и медленно выдохнула. В учебнике по йоге, который они с Маринкой недавно купили, чтобы обучаться, было написано, что лучший способ успокоиться — это медленно дышать «подреберной частью». Лёка положила руку на свой пиджак, чтобы определить подреберную часть, но так и не определила. — Тёмочка, скажи мне, а зачем ты ей звонил позавчера пять раз? Что-то случилось?

Он как будто споткнулся о ее вопрос и некоторое время думал, прежде чем ответить.

— Как — зачем? — растерянно спросил он, подумав. — Она же... одна, в чужом городе! С ней все что угодно может случиться... — Тут он нащупал привычную почву под ногами и заговорил уверенней: — Вот видишь, и случилось! Только бы ничего плохого не было, такого, чтоб совсем уж!.. Она же ничего не может...

Может, может, хотелось сказать Лёке. Такого рода женщины виртуозно умеют убеждать мужчин, что ничего не умеют, и таким образом получают в свое распоряжение в одном лице носильщика портшезов, погонщика верблюдов, метателя кинжалов, глотателя огня, мойщика посуды, няньку для малютки, полотера, вахтера и шахтера.

Бедняжка мой! Как ты жил с ней так долго и остался в здравом уме и твердой памяти?! Конечно, ты беспокоишься, ты привык о ней беспокоиться, ты столько лет о ней беспокоился!

А кто все это время беспокоился о тебе?! Конечно же, никто! Никому ты был не нужен и не важен, мой хороший, мой бедный, мой несчастный мальчик. Зато сейчас появилась я — и я тебя спасу.

Я же сильная. И совершенно приспособленная к жизни.

— Тёмочка, — сказала Лёка ласково, — ты не переживай так сильно. Мы с тобой поедем в Питер и ее найдем. Скажи мне, а у нее нет там родных, друзей, не знаешь?

— Знаю, конечно, — тут же ответил Артем. — Нет у нее там ни родных, ни друзей и не было никогда. Говорю тебе, что-то случилось!..

— А... девочка с кем осталась?

Почему-то Лёка никогда не называла дочку Артема по имени. Не получалось у нее.

Впрочем, эту манеру она подцепила когда-то у Платона, которого совершенно искренне и необидно не интересовали чужие дети, и он в них вечно путался.

— Это у него дочь Серёжа? — заинтересованно и доброжелательно спрашивал он у Лёки, когда она вела его в очередные гости. — Или нет, нет, у него сын Лена? Я помню на прошлой неделе был какой-то лысый с сыном Леной!.. Помнишь, на вечеринке в память павшего народовольца Вучетича?

Таким макаром он демонстрировал Лёке еще и собственную полную непригодность к светской жизни. Она сердилась и выговаривала ему за это.

Вообще он неприятный человек. Ужасный.

Из-за него девочку Артема пришлось звать просто девочкой. Ну, то есть дочку, дочку, да!..

— Артем, ты не слышишь? Ребенок с кем?

— Дашенька с Настиными родителями, — признался он как-то неохотно, будто девочку на время сдали в детский дом, — я ее к ним в Братеево отвез. Ну, перед Настиной командировкой.

Ну и что тут такого?! Ничего такого тут нет! Он нормальный мужик, ответственный, добросовестный, он выполняет свои отцовские обязанности, не чета другим, безответственным и бессовестным! Все же он ей достался не двадцати пяти лет, как-никак «мужчина с прошлым», и она должна с уважением к этому относиться. В конце концов, девочка навсегда останется его дочерью! И Лёка, современная — может, и не такая, как шеф Андрей Владимирович с его компьютерами, но все же! — умная, раскрепощенная женщина, должна с пониманием относиться к его обязанностям.

Хотя, конечно, иногда ей хотелось, чтобы ответственности и порядочности у него было поменьше. Ну, чтоб он работу хоть раз проспал — из-за бурного утреннего секса. Или неприспособленную бывшую супругу хоть раз на дачу на электричке отправил — ради выходного дня с Лёкой. Или какую-нибудь смешную глупость сказал — просто чтобы Лёка перестала раздражаться.

Но ни ответственности, ни порядочности у Артема не убывало. А говорить смешные глупости умел только Платон Легран, но он не был ни милым, ни порядочным, ни ответственным.

Он все путал, обо всем забывал, и ему ничего нельзя было поручить.

Когда Лёка просила его заехать в магазин за кефиром и сельдереем, он или тут же забывал об этом, или привозил ореховый торт. Сельдерей его не интересовал решительно, и он нисколько этого не стеснялся.

Артем никогда ничего не забывал и не

путал и все Лёкины просьбы всегда записывал на бумажку, чтобы исполнить в точности.

Он очень хороший человек, ее Артем.

Теперь этот хороший человек невыносимо страдал в трубке возле ее уха:

— Лена, я, наверное, должен в Питер полететь, чтобы постараться... Настю найти. Только я понятия не имею, как я буду ее искать и, самое главное, где!..

Голос у Артема дрогнул, и Лёка, как охотничья собака, услыхав команду «Пиль!», вся навострилась, подтянулась, приготовилась — и бросилась вперед.

Утешать.

Утешала она довольно долго и, кажется, продуктивно, потому что истекающее из телефонной трубки предынфарктное состояние постепенно перешло просто в нервическое, а потом почти в стабильное.

— ...Все будет хорошо, я в этом уверена! Андрей Владимирович тоже обеспокоен, я как раз от него вернулась, он просил меня слетать с тобой, чтобы там чем-нибудь тебе помочь!

— Андрей Владимирович? Волнуется? Ни за что не поверю! Это, наверное, ты его уговорила, да, Лен?

Лёка моментально сообразила, что надо соглашаться — да, да, конечно, именно она уговорила генерального отправить начальников двух разных служб в командировку спасать одного «специалиста первой категории»!.. Артем поверит, что это она, и будет ей за помощь как минимум благодарен. Отличный ход.

— И как тебе удалось его уговорить, а, Лен?..

Лёка, покраснев — хорошо, он не видит! — сказала, что это было довольно трудно. Но она постаралась.

— Спасибо тебе, Лен. Ты... самая лучшая на свете. Никто меня не понимает так, как ты!

«Никто меня не понимает, и молча гибнуть я должна», — фальшиво пел Платон Легран, когда Лёка кричала, что он ни черта не понимает в ее, Лёкиной, тонкой натуре.

Господи-и, зачем он попался ей сегодня с утра пораньше?!.

Через час Лёка была уже дома и задумчиво стояла над сумкой, в которую следовало бы что-нибудь положить. Впрочем, можно и не класть — она летит всего на один день, ну максимум на два, потому что, если в эти два дня ничего не прояснится, придется «подключать» милицию, а это уж решительно не Лёкино дело!

Можно и не класть, но она так любила... наряжаться!.. Ей нравилось хорошо выглядеть. И нравилось, что теперь, когда она много зарабатывает, у нее есть такая возможность.

На завтрак в отеле надо в чем-то пойти? Надо!

Переодеться к ужину после целого дня беготни по городу надо? Надо!

Кроме того, она еще очень любила туфли на каблуках, и хотя, как здравомыслящая женщина, понимала, что на этих самых каблуках да по раздолбанным, залитым водой, а потом подмерзшим тротуарам ходить нельзя решительно, что каблуки годятся только для того, чтобы, выйдя из машины, донести себя до подъезда, что от них моментально устают ноги, а пальцы, на которых надо все время стоять, затекают и мерзнут — все равно предпочитала только каблуки!

Артем всегда очень беспокоился, когда она надевала шпильки.

— У тебя же ножки устанут, — говорил он, — давай возьмем с собой сменную обувь, чтоб ты в случае чего могла переобуть.

Но эта «сменная обувь» Лёку приводила в бешенство, и она героически шкандыбала на шпильках!

Итак, туфли — на каблуках, конечно, — и еще одни на всякий случай, если от тех каблуки отвалятся. Белый свитер с высоким горлом, мечта, а не свитер. Артем подарил на прошлый день рождения. Джинсы такие и сякие, и к ним пиджачок, чтобы более или менее соблюсти официоз в офисе у партнеров.

Хватит?.. Или еще?..

И тут позвонила сестрица.

— Ну, ты где? — спросила сестрица с ходу. — Не звонишь с самого утра! Обалдела совсем!..

— Я не обалдела, меня посылают в командировку.

— В Йоханнесбург?

У сестрицы все время были какие-то странные фантазии.

Лёка моментально сбилась и некоторое время не могла сообразить, куда именно ее посылают в командировку.

— Почему в Йоханнесбург? Откуда ты его взяла?! Я лечу... Господи, в Питер я лечу!

— Только и всего? — протянула сестрица. — Возьми меня с собой! Мне скучно, ничего не пишется, надо сдавать, а я ни строчки не в состоянии из себя выжать!

— Я не могу.

— У тебя важное правительственное задание?

Лёка засмеялась:

— Почти попала! У меня полицейское расследование.

— Как полицейское расследование? Тебя забрали в кутузку? Подозревают убийство?

— Как ты думаешь, взять с собой юбку или не брать?..

— А кого ты могла укокошить? Ты же смирная, законопослушная, мирно пасущаяся овца!

— Я не овца. Вроде всего на два дня, и один уже, считай, прошел! Хотя юбка может пригодиться.

— Кто прошел? Куда прошел? Дворник прошел с лопатой, и именно его подозревают в совершении убийства, потому что удар был нанесен лопатой! Следовательно, лопата должна быть приобщена к делу, как орудие преступления. А лопата деревянная или совковая?..

Лёка окончательно запуталась.

Сестрица писала романы — детективные, разумеется. Мало того что она их писала, она еще как будто все время жила внутри того, о чем писала! Она постоянно придумывала. Еще в детстве она врала так вдохновенно, что родители не понимали, ругать девочку за гнусное враньё или хвалить за высокий полет фантазии. Пока они разбирались, ругать или хвалить, Ника выросла и стала писать романы.

Все вокруг утверждали, что «неплохие», а Лёке казалось — чепуха какая-то! Как это серьезный человек тридцати лет от роду может сочинять такую ахинею? Ну, вроде только что явившегося дворника с лопатой?!

— Ну, Лё-ока! Ну, возьми меня с собой! Я буду сидеть тихо-тихо и нисколечко, ну, вот нисколечко тебе не помешаю!

— Да не могу я! — рявкнула Лёка, застегивая сумку.

Про юбку-то она позабыла. Брать или не брать?..

— У тебя там свидание, что ли? А этого ты куда денешь, красавца-мужчину?

Красавцем-мужчиной она звала Артема.

Неизвестно почему Артем Нике не нравился. Ну, то есть совсем.

Лёка, которой хотелось одобрения, скулила, что он замечательный — добрый, умный, интересный и правда красивый. В плечах косая сажень, и все такое. Еще они работают вместе, и он все про нее, Лёку, знает, им хорошо вдвоем. Еще он любит то же самое, что и она, — за город поехать, шашлыки пожарить, в баню сходить.

Ника утверждала, что, кроме этой самой сажени, которая в плечах, никакого другого интересу в нем нету. А шашлыки и баню любят все — под настроение, кто больше, кто меньше.

Все? Больше никаких достоинств не наблюдается? Или еще есть?

Лёка сердилась ужасно. Она доказывала, что он добрый — «Собак не бьет!», тут же вставляла сестрица, — чуткий, ответственный, веселый и, самое главное, понимает ее, Лёку!

— Да чего тебя понимать-то? — спрашивала Ника. — Ты что, на китайском языке все время излагаешь и тебя никто понять не может?! Только он один, как китаец?!

Особенно Нику злило трепетное отношение Артема к бывшей жене и дочери.

Конечно, Лёка не признавалась, что ей это тоже немного... странновато, но Ника просто буйствовала.

— Ты пойми, — говорила она очень убедительно, — он такой трепетный не от доброты, а от слабохарактерности! Да если б она его сама не выставила, эта бывшая, он бы никогда не ушел! Он просто надоел ей хуже горькой редьки, вот и все дела! А может, у нее роман посторонний случился, а эта твоя косая сажень ей мешалась все время, под ногами путалась!

— Ничего он не слабохарактерный. Просто он ответственный. Он столько лет ее любил! И девочку очень любит! Да это и правильно! Сколько мужиков-козлов детей бросают и знать потом не хотят, а он совсем не такой.

— Да я ж не призываю, чтоб он девочку бросил! Пусть себе любит на здоровье! Но он по первому свистку туда бежит и давай за девочкой ухаживать! То ее надо в школу, то у нее понос, то на дачу! А он знай поворачивайся! Ему-то что теперь за дело, понос у нее или нет? Теперь у нее мамка и новый папка, а старый должен только красиво гулять с ней в парке по выходным!

— Ника, ты ничего не понимаешь в мужчинах!

— Ну, ясное дело! Я же выпускница Туринской католической школы и понятия никакого о них не имею! Всего только три раза замужем была!

Так они беседовали, но поссориться по-настоящему им никогда не удавалось, с тех самых пор, как морозным декабрьским утром их общая мама принесла на кухню увесистый сверток, похожий на гигантское печенье-трубочку, и объявила трехлетней Лёке, что внутри трубочки — ее сестра Ника. Лёке было страшно любопытно, она тянула нос вверх, чтобы посмотреть, что такое «сестра», и пахло от трубочки приятно — улицей, чистотой и еще чем-то хорошим.

Пахло хорошо, а ничего такого интересного внутри не оказалось. Просто какой-то ребенок, довольно уродливый, весь кривой. Он еще и извивался в разные стороны, сучил ручками и ножками.

— Ты ее очень любишь, — сказала мама уверенно. — Ты так ждала, когда у тебя появится сестра, и теперь ее очень-очень любишь! Поняла?

Если бы мама не стала повторять Лёке каждый день, что та очень любит Нику, она бы, может, и догадалась об этом сама. Но мама повторяла, и как-то так получилось, что Лёка правда очень любила Нику, а Ника — Лёку.

В данный момент Ника разорялась в трубке, а Лёка с большим трудом запихнула юбку в сумку и потащила ее к двери.

Артем должен приехать с минуты на минуту.

Хорошо бы успеть сварить к его приходу кофе. Он любит крепкий кофе —

сорт «Лавацца» — с ломтиком лимона и тоненький гренок с листом салата и лепестком копченой утиной грудки.

Он вообще хорошо разбирается в дорогой одежде и правильной еде.

— Это ты его приучила, дура, — гундосила сестрица, когда им случалось вместе обедать. — До тебя, с супругой, он небось бутерброды с колбасой наворачивал и щи мясные из кислой капусты! А ты ради него все кулинарные шедевры изготавливаешь!

Но после Платона, которому было решительно все равно, что есть, Лёке нравилось кормить Артема, которому было не все равно. Ей хотелось, чтобы глаза у него блестели, чтоб ему было вкусно. И чтобы она была для него самой лучшей, самой заботливой, белочкой-умелочкой!..

— Короче, в Питер ты меня не берешь, — заключила сестрица. — И я тут хоть пропадай со своим романом, который не пишется!

— Как это не пишется? — спросила разумная Лёка. — Ты сядь и пиши, вот он и напишется.

— Да ведь, когда «сядь и пиши», ерунду какую-нибудь напишешь, потом все равно придется переписывать. Надо хорошо писать-то! А писать хорошо — трудно, это еще Горький подметил, великий пролетарский писатель.

— Ты все равно не напишешь как Горький, — возразила Лёка. — Ты уж пиши как бог на душу положит!

— Да мне надоел этот роман, сил нет!

— Ну, тогда напиши прямо сейчас, с красной строки: «Все умерли». А внизу напиши: «Конец». Будет концептуальная проза.

— Я с тобой как с человеком, а ты!.. Так чего тебя в Питер несет столь внезапно? Мы что-то отвлеклись.

— В командировку.

— А почему ты говорила про кутузку?

— Это ты говорила, Ника! Там у нас просто... человек пропал. Да еще с документами. Ну вот шеф и попросил, чтобы я съездила, поискала его.

— Ты что, глава общества искателей?!

— Ника, отстань от меня. Я варю кофе. Сейчас уже Артем приедет, у нас времени нет совсем.

— А он с тобой летит?

— Ну да.

— Ну, это еще туда-сюда, — сказала сестрица задумчиво, — а то она одна поедет пропавших искать! А как он мог пропасть, этот ваш человек? Где? И что у него за бумаги?

— Ника, не приставай.

— Может, его похитила израильская разведка, а сам он палестинский боевик и теперь скрывается от ментов в коммунальной квартире на улице Шпалерной? Под матрацем у него прокламации, а спит он в поясе шахида!

— Ты мне надоела.

— Нет, а почему ты-то должна искать?! Если кто не знает, информирую: пропавших ищут менты и агент национальной безопасности Леха Николаев. Но он ищет в телевизоре, а менты взаправду.

Лёка насыпала кофе в турку.

Какие менты? Какой... Леха Николаев?

— Ник, у нас одна сотрудница повезла в Питер документы на подпись. Документы серьезные, за них шеф весь прошлый год бился. Должна была подписать и вернуться. А у нее телефон не отвечает, и сама она непонятно где. А шеф, конечно, шум поднимать не хочет, ну, по крайней мере, пока ничего непонятно. И попросил нас с Артемом слетать. Может, ничего страшного там и нет. И даже, скорее всего, нет.

— А почему Артем не может один слетать? Он же у вас там за безопасность отвечает!

Лёке не хотелось признаваться. Но в конце концов!.. Что тут такого?! И она, Лёка, ни в чем не виновата. И Артем не виноват!.

— Потому что пропала его бывшая жена, — быстро сказала она. — Он один лететь не может. Ты же знаешь, какой он внима...

— Я-то знаю, — перебила Ника зловещим тоном. — Я все знаю! Я только одного не знаю: почему ты во все это ввязываешься?! Да еще так легко! Вот послал бог сестру — ума нет, только красота!..

— Красоты тоже никакой, — тихо сказала Лёка, но Ника пропустила это мимо ушей.

— Ты ж в него влюблена! Да или нет?
— Д-да.
— Ты же хочешь, чтоб он на тебе женился, да или нет?
— Да.
— Ты хочешь быть главной женщиной его жизни, нет или да?
— Нет. То есть да!
— А тогда зачем ты собираешься искать его бывшую супругу?! Сколько лет назад они развелись?!
— Года три, по-моему, — пробормо-

тала Лёка тоном уличенного в воровстве, — а может, и больше!

— Ну вот! Может, и больше! И он все три года с ней валандается, ухаживает, помогает! А ты с ним валандаешься, ухаживаешь, помогаешь! Тебе не надоело?

Лёка хотела сказать, что — нет, не надоело и не надоест никогда, потому что у них с Артемом любовь, «правильная», «взрослая», «главная» или нет, нет, «генеральная».

Впрочем, она иногда путалась в собственных терминах!

— Ты ему кофеек варишь, телятину с грибами запекаешь, форель подаешь, а он тебя тащит в Питер искать свою бывшую жену?! Ну, знаешь, так даже в детективах не бывает, которые я сама и сочиняю!

— Да не он меня тащит, — взмолилась Лёка. — Ты хоть что-нибудь слышишь, Ник? Меня Андрей отправляет! И Артема заодно, потому что Артему лучше знать, какие там у нее могут быть связи, друзья, подруги!

— Да тебе-то что за дело до ее связей, друзей и подруг?!

— Мне есть дело до Артема!

— А он что, такой идиот, не понимает, что тебе, может, неприятно его супругу искать? Или неинтересно? И это совсем не твое дело? Ему такое в голову не приходит? Или у него в голове тоже эта самая... косая сажень?

— Ника, мне некогда. Я тебе позвоню, когда смогу.

— Не когда сможешь, а позвони мне из Питера, — буркнула сестрица. — Как долетишь. Договорились?

Лёка сказала, что договорились, и повесила трубку.

Пока они препирались, ржаные гренки у нее подгорели. Она выбросила их в мусорное ведро и быстренько принялась жарить другие.

Не права Ника, совершенно не права!.. Конечно, он ищет помощи и поддержки у нее, Лёки, потому что она для него главный — генеральный! — человек в жизни, его единственная точка опоры!

Он столько лет жил без всякой опоры, бедный, несчастный мальчик, вынужденный ухаживать и за женой, и за дочерью, и за мамашей одновременно!

Как это еще он карьеру такую сделал, умница моя!

Осталось только прослезиться.

Лёка вздрогнула — нет, нельзя так думать, все же она черствый, эгоистичный человек! — и быстро перевернула гренок на другую сторону.

Одно непонятно: почему ей все время приходится как будто убеждать себя в том, что Артем умница, красавец, косая сажень и вообще средоточие всех добродетелей, какие только есть в мужчине?

Платон Легран никогда не казался ей... средоточием.

Недостатков у него было примерно втрое больше, чем достоинств, и обо всех Лёка отлично знала, и ей не приходилось убеждать себя, что это на самом деле... достоинства.

Он не умел слушать, и если разговор был ему неинтересен, мог встать и уйти, оставив собеседника в недоумении, а потом вернуться, как ни в чем не бывало, и больше к разговору не возвращаться.

Он не умел сочувствовать. Говорил неопределенным тоном: «Ну да», — и спрашивал, как и чем можно помочь. Если получалось — помогал, а если нет — никогда по этому поводу не убивался. Зачем страдать, говорил этот ужасный человек, если я ничем не могу помочь?

Он не умел читать. Читал только монографии и статьи, которые были нужны ему для работы. Над книжкой Лёкиной сестрицы маялся, вздыхал, а потом потихоньку спроваживал ее с глаз долой. Не читал даже «из плезиру», как выражалась Ника.

Он не умел водить машину, на дороге вел себя кое-как, и Лёка считала, что он не попадает то и дело в ДТП только потому, что у него здоровенный, тяжелый черный джип и его на дороге побаиваются.

Он не умел ходить по магазинам. В супермаркете он сразу же терял Лёку из виду и уныло шатался между полками, толкая впереди себя телегу. Он взбадривался, только завидев что-то знакомое, например коробки с яйцами. Тогда он хватал это знакомое и клал в телегу.

Он не умел одеваться, и Лёке странно было, что ему все прощалось, все нарушения протокола. Он мог пойти на работу в пальто, костюме и солдатских ботинках на толстой подошве, если предполагалось, что после работы нужно поехать за город. Лёка тогда страдала, маялась, стыдилась и делала вид, что она не с ним, не с этим ужасным человеком.

Он не умел... Мало ли чего он не умел, и слава богу, что они расстались, и у нее теперь Артем, самый лучший человек на свете, и главная любовь ее жизни.

Вечером в гостинице выяснилось, что ее «главная любовь» проживает в отдельном номере.

Ну конечно. Номера заказывали «ассистенты», которые соблюдали правила игры, — о романе Беляевой и Василькова никто в конторе даже не подозревает, все пристойно, правильно и шито белыми нитками.

Пока они заполняли гостевые карточки возле полированной конторки, Лёка все посматривала на Артема, как бы подавая ему знаки — может, не надо нам второго номера? Может, одним обойдемся? Заодно деньги сэкономим, по нынешним временам это важно! Да и деньги не маленькие — гостиница «Англия» на Исаакиевской площади была из дорогих!.. Артем никаких ее знаков не замечал, быстро писал в бумажке, и лицо у него было расстроенное.

Ну, конечно, ему сейчас не до нее. Неприспособленная пропала!..

— Простите, пожалуйста, — вежливо сказала Лёка девушке за конторкой, — вы не могли бы нам подсказать?

— Да, конечно.

— Позавчера утром к вам приехала Анастасия Василькова. Вы не скажете, в каком она номере остановилась?

Артем бросил писать и весь подался к девушке за конторкой.

— Я могу попробовать соединить вас с ее номером по телефону, — предложила девушка. — А информация о том, где проживают наши гости, конфиденциальная, и, к сожалению, я не имею права...

— Я ее муж, — быстро сказал Артем. — Можете паспорт посмотреть.

Кажется, девушка удивилась.

Лёка тоже удивилась.

Выходит, никакого развода нет? Или нет штампа о разводе?..

— ...и тем не менее я не имею права. Поговорите с начальником службы размещения, если она разрешит, я с удовольствием...

— Девушка, — грозно сказал Артем у Лёки за плечом. — Вы что, не понимаете?! Человек пропал, давно пропал, не отвечает на звонки! И пропал он, между прочим, в этой вашей гостинице! Так что отвечайте на вопросы!

Девушка насупилась.

— К сожалению, — начала она гранитно-любезным тоном, — я вынуждена повторить, что информация эта конфиденциальная, и я не могу ее разглашать. Возможно, вам поможет начальник службы размещения. А о пропаже людей обычно заявляют в милицию!

Артем оперся обеими руками о конторку, весь подался вперед, будто собираясь ее перемахнуть, и, наверное, вышел бы скандал, если бы Лёка его не остановила.

Остановила в прямом смысле слова, потянув за джинсы.

Он оглянулся. Глаза у него были бешеные.

— Извините нас. — Лёка цепко ухватила его под локоть и поволокла прочь от конторки, в сторону круглого дивана, на котором сидел какой-то человек и читал газету. Еще кипа газет лежала рядом с ним. Лёка, волоча Артема, задела газеты, и вся кипа с мягким шуршанием съехала на пол.

— Простите, пожалуйста!

Лёка, не отпуская Артема, потянулась, чтобы поднять, и он неловко наклонился следом за ней, человек потянулся тоже, и получилась некая сумятица и свалка.

— Да не утруждайтесь вы так, я сам подниму!

И только когда он сказал: «Не утруждайтесь», Лёка его узнала.

— Здрасте, — сказал Платон Легран и поднялся, опять свалив на пол только что водруженные на место газеты.

— Здравствуй... те, — пробормотала Лёка. Шее стало жарко под шарфом, и, кажется, щеки налились неприличным морковным румянцем.

— Добрый вечер, — мрачно поздоровался Артем.

Он все оглядывался на конторку и порывался туда, и Лёка его придерживала.

— Артем, это Платон Алексеевич. Он физик и консультировал нас, когда, помнишь, мы строили мост в Белоярске.

Да, да очень глупо, а как прикажете его представлять?! Бывший любовник? Старый друг? С тех пор прошло триста лет и три года?..

Платон подумал и протянул руку. Видно было, что не сразу протянул, и Лёка моментально вышла из себя.

— Платон, это Артем, начальник нашей службы безопасности и мой большой друг.

— Замечательно, — сказал Платон Легран таким тоном, каким говорят: «Какой ужас».

Артем не обратил на него никакого внимания.

— Какими судьбами ты в Санкт-Петербурге? Да еще с охраной! — спросил Платон.

— У нас переговоры, — сквозь зубы

выговорила Лёка. — Извини нас, пожалуйста.

— Извиняю, — тут же любезно согласился Платон и посторонился, пропуская их, хотя сторониться было вовсе не обязательно. Круглый диван помещался в самом центре огромного холла.

Это он посторонился специально на мой счет, мрачно решила Лёка.

Путь свободен, вперед и с песней, мне совершенно не хочется тебя задерживать, да я и не собирался!..

Фу, ерунда какая!..

Волоча Артема, который все упирался, решительным шагом она прошла в полукруглый уютный бар, выходивший окнами на сквер и на Большую Морскую. Там, в сквере и на Большой Морской, мела сумасшедшая питерская метель, качала фонари, рвала полы пальто у редких прохожих, и хотелось радоваться тому, что сидишь в тепле и никуда не надо выходить.

Но нынче радоваться было нельзя. Нужно тревожиться, переживать и трагически насупливаться, как Ален Делон в роли полицейского комиссара.

Лёка поогляделась по сторонам, будто в поисках официанта, а на самом деле для того, чтобы проверить, не следит ли за ними Платон Легран. Все в порядке. Его вообще отсюда не видно.

— Тема, — начала она, усаживаясь и разматывая шарф, — не нервничай ты так! Ты все испортишь. Сейчас мы закажем кофе, ты будешь его пить, а я схожу к этому самому начальнику службы размещения и все выясню.

— Да как я могу пить кофе, когда мы про Настю так ничего и не узнали!..

— Да мы еще ничего и не могли узнать, — сочувственно глядя в его несчастные глаза, проговорила Лёка, — мы только прилетели, еще не поселились даже. Кстати, Тем, ты что, будешь в отдельном номере жить?

Он посмотрел на нее, потом мотнул головой, как будто с трудом понял, о чем она говорит.

— Лена, ну, какая разница, как именно мы будем жить?! Сейчас самое главное выяснить, что с Настей!

Да и правда, устыдилась Лёка. Какая разница, как именно они будут жить!.. Должно быть, она плохой, злой, эгоистичный человек, думает только о себе.

— Темочка, ты постарайся вспомнить. Может, у нее здесь какие-нибудь давние подруги, институтские друзья, ну, я не знаю, дальние родственники?

— Никого у нее здесь нет! Да мы в Питер ездили всего пару раз, Дашка тогда еще не родилась. Мы на машине ездили.

— Прекрасно, — пробормотала Лёка, моментально представив себе Артема тех времен, когда еще не родилась Дашка, и их совместное с бывшей женой романтическое путешествие. — Прекрасно!..

А чего ты хотела-то? Ему не двадцать пять, тебе достался мужчина с прошлым, так что все правильно.

— Ну, может, с ней в институте кто-то вместе учился? Не знаешь?

— Она на заочном училась.

Лёка вздохнула.

— И, главное, телефон не работает! — Артем в отчаянии выхватил мобильник, нажал кнопку, долго держал, а потом сунул Лёке. — Слышишь? Все одно и то же. «Аппарат абонента выключен или находится вне зоны действия сети!..»

— А ее родители не в курсе?

— Ты что? — спросил Артем. — Разве я могу родителей так волновать? Они перепугаются до смерти, у отца сахарный диабет, а у матери с сердцем не очень.

— А Настя... часто выключает телефон просто так?

Он подумал немного.

— Вообще с ней бывает. Выключит, а

потом забудет включить. Я ей сто раз говорил — смотри за своей трубкой! Зачем тебе мобильный, если он у тебя никогда не работает? Но она все равно забывает. Не приспособленная к жизни, понимаешь?

— Подожди, — удивленно сказала Лёка, — то есть бывает, что у нее телефон подолгу не работает?!

Артем махнул рукой.

— Еще как! Ты даже представить себе не можешь, Лен! Выключит и забывает. Или зарядить забудет напрочь. Если я ей не напомню...

— Так, может, она просто его выключила, и все?! Если у нее привычка такая!

— Да ну какая привычка, Лена! — рассердился на Лёкину непонятливость Артем. — Она просто за-бы-ва-ет! Я же говорю!

— Хорошо, а почему мы тогда так ужасно паникуем?

Артем уставился на нее.

— Как... почему? — спросил он оторопело. — Потому что Настя пропала и не отвечает на звонки.

— Но ты же сам только что сказал, что у нее это часто бывает!

— Но не в другом городе! — воскликнул он с жаром. — Где она совсем одна и никого и ничего не знает! Если бы с ней все было в порядке, она бы мне сто раз позвонила, Лена!

У-уф. Расследование идет нелегко. Если вообще идет.

Лёка уговаривала себя не ревновать и не злиться.

Попеременно то уговаривала, то злилась и ревновала.

— Тема, ты только не волнуйся, хорошо? Ничего страшного пока не случилось.

— Тебе легко говорить — «не случилось!» — Артем мрачно смотрел в окно, за которым гуляла метель. — А я уверен, что ее могли обмануть, обокрасть, что угодно!.. Зачем только она согласилась в эту дурацкую командировку лететь!

— Подожди, я пойду, попробую выяснить про ее номер.

Он кивнул, глядя в окно, и Лёка поднялась с плюшевого зеленого дивана.

Одернув пиджак и поправив на шее волосы — если Платон все еще сидит на круглом диванчике, она должна быть во всеоружии, — Лёка деревянным шагом двинулась к полированной стойке.

Деревянным, потому что от шпилек ноги болели почти невыносимо.

Платона на диване не было.

Лёка «во всеоружии», а его нет. Ну так всегда бывает!..

— Вот ваши ключи, — обиженно сказала давешняя девушка за стойкой. Глаз она не поднимала. — Вас сейчас проводят в номера.

Лёка улыбнулась самой обворожительной улыбкой.

— Ольга, — начала она, глянув на прицепленную к девушке табличку с именем. Дежурная взглянула на нее, — вы извините, пожалуйста, меня и моего... — она хотела сказать «мужа», а потом вспомнила, что Артем уж отрекомендовался как чужой муж, — и моего спутника. Просто мы нервничаем, потому что наша коллега прилетела в Санкт-Петербург в командировку, и вот уже два дня от нее нет ни слуху ни духу.

Девушка подняла брови.

Лёка заговорщицки понизила голос — прием, действующий безотказно. Называй человека по имени, вступай с ним в заговор, убеди его, что ты на его стороне, и он твой!..

— У нас никаких координат, ничего нет! А у нее еще и документы важные!

— В отеле с ней ничего не могло случиться, — сказала девушка убежденно. — У нас система безопасности и охрана.

«Англия» — место совершенно спокойное, уверяю вас.

— Ну, конечно, — горячо согласилась Лёка, — мы и не сомневаемся! Но, может быть, вы что-то вспомните! Кто-нибудь к ней приходил? Или она кого-нибудь приглашала?

— Я бы рада вам помочь, — сказала Ольга довольно высокомерно, — но у нас очень много гостей, а эта ваша, — тут она заглянула в компьютер, — Василькова ничем не выделялась. К сожалению, ни ее гостей, ни посетителей я не помню. Впрочем, вы спросите у портье, может быть, они запомнили. Или у швейцара.

— Спасибо, — смиренно пробормотала Лёка, — огромное вам спасибо.

Кажется, ее смирение подействовало, потому что девица за конторкой вдруг предложила:

— Я могу посмотреть, куда она звонила, если она звонила из своего номера. И что заказывала, если заказывала! Хотите?

— Конечно! — вскричала Лёка горячо. — Конечно, хочу!..

Девушка подвигала «мышкой», отыскивая что-то в компьютере, подождала, пролистала какие-то страницы и сказала негромко:

— Она просила записать ее в салон красоты, ближайший к отелю. Позавчера утром. У меня написано — на маникюр. Ее записали в салон на Большой Морской.

— Как он называется?

— «Галерея». Вот телефон, если хотите.

— Спасибо. Огромное вам спасибо!..

— А больше ничего нет, — с сожалением сказала девушка, которой уже хотелось изо всех сил помогать Лёке и нравилось, что она участвует в расследовании. — Сейчас, одну секундочку!..

И она нажала латунную пупочку звонка, стоящего на конторке. Пупочка произвела мелодичный короткий звон, и на этот звон от высоких входных дверей моментально явился юноша в ливрее.

Он улыбался сладкой жуликоватой и обворожительной улыбкой.

— Петя, — спросила девушка из-за конторки, — твоя смена была позавчера?

— Так точно, — признался Петя, приложил руку к левой стороне груди и поклонился Лёке.

— Петя, в двести семнадцатый ты провожал?

Шерлок Холмс острым взглядом посмотрел на доктора Ватсона.

Значит, двести семнадцатый! Не надо идти к начальнику службы размещения, да?..

Девушка за конторкой осталась совершенно невозмутимой, как будто и не думала выдавать «конфиденциальную информацию о наших гостях».

— Я провожал в двести семнадцатый. А в чем дело?

— Нет, нет, — успокоила его Лёка, — ни в чем. Просто моя подруга потерялась, и вот мы пытаемся ее найти! Питер ведь такой романтический город!..

Если бы она была хорошенькой, если бы умела кокетничать, она бы сейчас как-нибудь подбодрила этого самого Петю улыбкой, что ли, или прошлась бы по нему обворожительным взором, или подмигнула, но ничего такого Лёка не умела. Поэтому, чтобы подбодрить Петю, она сунула руку в сумку и открыла кошелек.

Значение этого жеста Петя отлично понял.

— Я не только встречал, я и провожал, — подбодрился он с готовностью.

— Провожали?

— Ну да. Она с утра заехала, я ей сумку поднес, а часа через... три, наверное, выехала. Я опять сумку поднес.

— Позвольте, — сказала ничего не понимающая Лёка, — как — заехала и выехала?!

Петя переглянулся с девушкой за конторкой.

Та пожала плечами.

— У нее оплачены три дня и две ночи, — сказала она, заглянув в свой всесильный компьютер, как в китайскую Книгу судеб. — Три дня с завтраком.

— Три дня оплачены, а выехала она через три часа?! С багажом?!

— Точно вам говорю.

— Петя у нас очень наблюдательный, — похвалила швейцара девушка. — Если он так говорит, значит, ему можно верить.

— Да я верю, — растерянно сказала Лёка, вытащила кошелек, а из него купюру. — Я только не очень понимаю... Она, выходит, с сумкой в салон красоты пошла, что ли?!

И сунула купюру Пете. Бумажка моментально исчезла, как и не было ее.

— А вы не помните случайно, она в какую сторону пошла? Или на такси уехала?

— Не-ет, — протянул довольный Петя. Гонорар даже превысил все его ожидания. — Ее машина ждала. Я отлично помню. Большая черная машина, очень грязная. Ну, я ее посадил, сумку в багажник поставил, она и укатила.

Тут он подумал немного и добавил обиженно:

— Ни копейки не дала! И этот ее не дал!

— Этот — кто?

— Ну, кто за рулем сидел и багажник мне открывал. Представительный, в кожаной куртке. Воротник еще такой... меховой. Песец или лиса.

— Петя разбирается, — кивнула девушка за конторкой. — Ему можно верить.

— Да я верю! — повторила Лёка нетерпеливо. — А вы не поняли, они были знакомы с этим, который... песец или лиса?

— Ну, к незнакомому бы она не села, — резонно возразил Петя.

— Да она вообще со странностями, — вдруг вступила девушка, — скандальная немного. То есть мы так про наших гостей не говорим, конечно...

— Конечно, конечно, — быстро согласилась Лёка.

— ...но она тут такой шум подняла из-за ногтя своего! Начальница даже прибежала, у нас скандалы редко бывают, а она, эта ваша Василькова, чуть не в слезах! Начальница ей предложила маникюр у нас сделать, на шестом этаже в СПА-центре, а она наотрез отказалась! Ну, москвичи всегда так себя ведут...

Тут она сообразила, что ляпнула что-то не то, и уставилась на Лёку. Лёка ей покивала — ничего, мол, все нормально. Москвичи — они такие! С ними интеллигентному человеку дела лучше не иметь или уж, по крайней мере, держать ухо востро.

Артем, которого Лёка бросила на произвол судьбы, показался из-за угла. Вид у него был неважный, в одной руке он нес куртки, а в другой — обе дорожные сумки, так, как будто это были носовые платки или газеты.

— Спасибо вам большое, — выпалила Лёка, выхватила еще одну купюру, перегнулась через конторку и положила на компьютерную клавиатуру. — Вы очень мне помогли!

— Что вы, что вы, не надо!

— Олечка, и если мой... спутник будет у вас спрашивать о Васильковой, вы ему не рассказывайте, что она скандалила и на машине уехала, ладно? Он... переживает очень.

— Не расскажу, — пообещала девушка.

Артем был уже близко, и Лёка быстро

отошла от стойки, перехватила его на подходе и взяла у него свою куртку.

— Я замучился там сидеть. Ну что? Ты узнала что-нибудь?

— Ничего особенного, — лихо соврала Лёка. — Но мне кажется, что все в порядке, Тема.

Взяв под руку, она повела его к лифту.

— Они говорят, что она здесь с кем-то встречалась, вроде с подругой. Близкой.

— У нее нет здесь никаких подруг! — вспылил Артем. — Я тебе уже сто раз сказал! А в каком номере она остановилась, ты узнала?

Он спрашивал очень требовательно, и Лёка моментально почувствовала себя лейтенантом, вызванным для отчета к генералу.

— В двести семнадцатом.

Это ничего не означает, это вполне можно сказать. Если его бывшая пробыла в номере только три часа, значит, там нет ничего интересного! В смысле, трагического, что могло бы расстроить Артема окончательно.

— Как тебе удалось?..

— Методом подкупа и посулов, — задумчиво сказала Лёка. — Тем, а твоя бывшая жена... вообще любит скандалить?

Артем остановился и посмотрел на Лёку сверху вниз.

Он был здорово выше и шире. Косая сажень, и все такое.

— А почему ты спрашиваешь?

— Просто так.

— Лена, это какой-то странный вопрос.

— Ну, не отвечай, если странный.

— Нет, она никогда не скандалит. Она очень... мягкий человек.

— Не приспособленный к жизни, — Лёка кивнула. — Я знаю.

— Лена!

Двери лифта разошлись, и они шагнули внутрь, рассерженные, недовольные, старающиеся держаться друг от друга подальше.

Кажется, сегодня она уже ехала в лифте с кем-то, от кого старалась держаться подальше.

Ах да. С Платоном. Но это совсем другая история. История, которой триста лет, а может быть, даже больше!..

— Пойми меня правильно, — начал Артем очень серьезно. Лифт плавненько причалил, и они вышли: первая Лёка, Артем за ней. — Я ничего от тебя не скрываю. Ты мой самый лучший друг.

Вот тебе на!.. Теперь она еще и друг!

— Я разве друг?

— Друг, — твердо повторил Артем.

— Я женщина твоей жизни, — поправила Лёка с раздражением. — Я тебе не друг!

— Ты и друг, и женщина жизни. И я это очень ценю. И мне очень важна твоя поддержка! Без тебя я бы пропал, понимаешь?

С этим Лёка была согласна, но промолчала.

— Но я не могу и не хочу обсуждать с тобой мою семейную жизнь! И тем более жену!

— Тема, сколько лет назад ты развелся?!

— Сколько бы лет назад я ни развелся, — сказал он твердо и твердой же рукой открыл дверь в свой номер. Лёка волоклась за ним, как будто он тащил ее на аркане. — Все равно Настя и Дашенька были, есть и будут частью моей жизни!

— Да кто ж спорит... — пробормотала Лёка.

Он кинул сумку на пол и аккуратно повесил на вешалку куртку.

— Настя хороший человек, — продолжал Артем. — Мягкий, добрый, не скандальный, — добавил он с нажимом. —

И мне не нравится, что ты к ней предвзято относишься!

— Да я никак к ней не отношусь. — У Лёки заболел висок. — Я просто спросила!

— Можно подумать, я не вижу! Тебе не нравится, что я ей звоню, не нравится, что я общаюсь с дочерью! Тебе ничего не нравится!

— Артём, если ты хочешь со мной поссориться, поссорься или завтра, или по какому-нибудь другому поводу! Из-за твоей бывшей жены, — это тоже было произнесено с нажимом, — я ссориться не хочу. Я в Питер поехала специально, чтобы её искать, можно подумать, мне больше делать нечего!

— Как ты можешь, Лена?! Человек пропал, а ты говоришь — делать нечего!

— Но он же не из-за меня пропал! Если я могу помочь, я помогу, а если нет, то тогда какая от меня польза? Я бы лучше в Москве осталась!

— Лена, я никогда не думал, что ты такая чёрствая!

— Чёрствая бывает булка, — сказала Лёка. Она вдруг очень устала. — Давай спать, а?

Он посмотрел на неё, и Лёка вдруг отчетливо поняла, что ему хочется, чтобы она ушла.

Он не хочет с ней спать. Он хочет звонить на мобильный своей бывшей жене — «аппарат абонента выключен или находится вне зоны действия сети», — курить, смотреть в окно и предаваться отчаянию.

Предаваться ему хочется в одиночестве. Деятельная Лёка отчаянию как минимум помешала бы или, еще хуже, свела бы его на нет.

Как всегда, когда требовалось принять решение, Лёка его приняла, освободив Артема от необходимости делать это самому.

— Темочка, — сказала она и улыбнулась фальшивой улыбкой, — я пойду к себе. Я что-то так устала, сил нет никаких.

Он, всегда такой внимательный к ее настроению, сделал вид, что фальши не заметил. В конце концов, это она сказала, что уходит, а не он выгоняет ее вон из своего номера!..

— Я тебя провожу.

Она кивнула, чуть не плача.

Он ничего не понял. Он, самый понимающий, самый тонкий, самый нежный и правильный из мужчин! Он, который всегда помнил, что нужно взять запасные туфли, потому что у нее «устанут ножки»! Он, который знал, что она любит салат «Цезарь» и очень много подливки! Он, который называл ее Киска — никто и никогда не называл ее Киской!

И он ничего не понял!

Ни ее ревности, ни огорчения, ни отчаянных попыток прийти на помощь и все взять на себя! Ничего...

— А ты посади его на шею и вези, — говорила бездушная Ника, — чего он на машине-то ездит, утруждается! На тебе гораздо удобней! Мягко, приятно, сидеть высоко! Ты ж у нас высоко летаешь, птичка моя! А он на тебе сверху полетит! Красота, и какой вид открывается!..

Лёка открыла дверь в свой номер — точная копия того, из которого они только что вышли.

Уютный пятизвездочный гостиничный рай с мягким светом, широченной кроватью, льняными покрывальцами, наборным паркетом, мебелью в русском вкусе и ультрасовременной ванной. Возле кровати, приготовленные горничной, стояли одинокие тапочки.

Завидев эти тапочки, Лёка чуть не зарыдала.

Почему, почему она должна ночевать

здесь одна?! Что такое?! Какую она допустила промашку, что сделала не так?! Почему главный человек ее жизни собирается сейчас выйти и закрыть за собой дверь, оставив ее наедине с этими самыми тапочками?!

— Тема, — предпринимая последнюю попытку, проблеяла она, как овца. Кто-то сегодня, кажется, уже называл ее овцой. — Темочка, я так есть хочу!

— А я что-то совсем не хочу, — откликнулся он горестно. — Мне кусок в горло не лезет. Я как подумаю, что могло случиться с Настей!..

Лёка кивнула.

— Ты прими ванну погорячее и спать ложись, — заботливо сказал Артем и поцеловал ее в щеку, около губ. — Хочешь, я тебе воду открою?

— Я сама, спасибо.

— И на ночь выключи кондиционер. Вот здесь, видишь? А то будет дуть и ты к утру простынешь.

Лёка кивнула.

Кажется, он понимал, что говорит и делает что-то не то, потому что на пороге вдруг остановился, еще посмотрел на нее и спросил:

— Что?

— Все в порядке, спокойной ночи.

— Нет, Лен, подожди. Я не хочу так с тобой расставаться. Ты обиделась, да?

— Я не обиделась.

— Лена!

— Тема. — Лёка взялась за латунную ручку и потянула дверь, так чтобы не осталось никаких намеков на интимность.

Коридор так коридор. Спокойной ночи так спокойной ночи. Путь свободен.

Он стоял как вкопанный.

«Стал богатырский конь как вкопанный. Ах ты, волчья сыть, травяной мешок!..»

Значит, сейчас ей придется его уговаривать. Чтобы совесть его была чиста и спокойна. Чтобы, стало быть, он не беспокоился на ее счет, а продолжал всласть переживать из-за Настеньки. Ему и без Лёки забот хватает.

— Темочка, я правда очень устала, — сказала Лёка. По коридору кто-то прошел, не взглянув на них. Артем проводил прошедшего глазами, а потом опять обернулся к ней. — Давай спать. Завтра обо всем поговорим. И не волнуйся ты так. Я уверена, что все хорошо, тем более, видишь, персонал говорит, что была какая-то подруга...

— Этого не может быть, — твердо сказал Артем, не принимая Лёкиного легкомыслия, — я знаю всех ее подруг.

— Ну, и чудненько, — закруглилась Лёка. — Давай до завтра, мой хороший.

И она закрыла дверь.

И он ушел к себе в номер.

И больше не приходил.

Сначала она плакала в ванной. Потом перешла плакать в комнату — поплакала немного на кровати, а потом в кресле с видом на Исаакиевский собор.

Потом перестала, подтянула к подбородку замерзшие ноги — пальцы в свете уличного фонаря казались синими. А может, у нее гангрена случилась от шпилек?..

Поизучав немного синие пальцы, она вдруг вспомнила, что завтра четверг, третий четверг ноября.

Молодое божоле, предчувствие праздника, красные цветы на белой скатерти, горячее мясо, пузатые бокалы.

Ничего этого не будет. Артем страдает, и она, Лёка, должна страдать вместе с ним. Как женщина его жизни.

Нет, не просто женщина, а «главная» женщина его жизни. Или, может, «генеральная». Впрочем, генеральной когда-то была линия партии.

— Ну да, — сказала Лёка вслух, и ее

голос, тихий и хриплый от слез, удивил ее саму, — я даже не могу с ним спать. Он страдает и спать со мной не хочет. А я-то как же?!

И она опять заплакала, только теперь в обратном порядке — в кресле, на кровати, а потом в ванной.

Проснувшись утром и увидев себя в зеркале, Лёка решила, что, пожалуй, ничего, кроме пластической операции, ей не поможет.

С другой стороны, сделать операцию до завтрака она не успеет, значит, и так сойдет.

Она долго поливала себя из душа — сначала очень горячая вода, потом очень холодная, потом опять горячая и так далее. К концу процедуры все лицо и тело горели, как после бани, зато неожиданно выяснилось, что у нее на лице есть глаза. Они открылись и смотрели.

Нужно было применить к себе что-нибудь утешительное, и Лёка применила белый свитер с высоким горлом — не свитер, а мечта! — длинную юбку тяжелого шелка и чулки.

Чулки были особенно хороши!..

Может, хоть сегодня ночью удастся что-нибудь такое, чему очень способствуют чулки?! Ну, это в том случае, если неприспособленная найдется. Если не найдется — вряд ли.

Высоко задрав подол, Лёка рассматривала свои ноги в кружевных чулочных резинках, когда постучали.

Лёка выпустила из рук подол, подбежала и распахнула дверь.

Артем был в куртке и с портфелем.

— Доброе утро.

Он зашел и аккуратно прикрыл за собой дверь. Из коридора пахло кофе, доносились утренние голоса и какая-то музыка.

Лёка подставила лицо, и Артем опять поцеловал ее в щеку, около губ.

— Ты хорошо пахнешь, — сказала она, рассматривая его. Он всегда любил дорогие одеколоны и разбирался в них.

— Лен, — сказал он озабоченно, — я уже позавтракал.

— Как?! Без меня?!

— Я не стал тебя ждать, — он улыбнулся смущенно, но в то же время озабоченно. — Ты не обижайся, зайка, но мне уже надо ехать.

— Куда?!

— К партнерам, на Петроградскую сторону. Я позвонил, заказал пропуск. Может, там кто-нибудь что-нибудь знает про Настю!

— А почему... такая спешка-то?! Я бы с тобой поехала. Да мне позавтракать всего двадцать минут, и я готова!

— Лена, — сказал Артем очень убедительно, — мы не можем терять времени. Я и так полночи не спал!

— Я тоже, — тихонько сказала Лёка.

Он понял это по-своему.

— Ну, конечно! Я Дашеньке с утра позвонил и теще с тестем что-то такое наплел, чтобы они не волновались, но так не может дальше продолжаться! Я должен ее найти, понимаешь?

— Понимаю, — кивнула Лёка.

Музыкальная шкатулочка, внутри которой прекрасная танцовщица кружилась посреди зеркального озера, оловянный солдатик ее охранял, а их вырезанный из картона замок синел на заднем плане, вдруг стала хрипеть и фальшивить.

Или не вдруг?..

Или она все время играла фальшиво, только танцовщица, кружившаяся с упоением посреди зеркального озера, ничего не слышала, увлеченная своим кружением?

— Эта дура сказала, что в Настин номер мы не можем зайти, — продолжал он с ожесточением, — только с милицией!

— Какая дура?

— Начальник по гостям. К которой нас вчера отправляли, помнишь?

— Помню.

— Она сказала, что только в сопровождении милиции! А какая, к черту, милиция! Хотя если я Настю не найду...

— Найде-ешь, — ласково уверила танцовщица своего оловянного солдатика, — конечно, найдешь!

— Ты тогда подъезжай тоже на Петроградку, — сказал он. — Только пусть тебе такси вызовут, сама на дороге не голосуй, ладно? И смотри, там снег выпал, не упади!

— Я не упаду.

— И звони мне, хорошо?

— Хорошо.

И он опять к ней приложился, все к тому же месту, очень озабоченный, по-утреннему деловой, ответственный, порядочный, милый, пахнущий дорогим одеколоном, сигаретами и кофе.

Лёка закрыла за ним дверь и сказала сама себе:

— Отлично!

И пошла завтракать.

Пусть он ищет эту свою принцессу, где ему больше нравится, танцовщица все равно должна вовремя подкрепиться!

Она выбрала местечко с видом на

Исаакиевскую площадь, заказала яичницу, кофе, потом подумала и попросила еще булок. Независимо поправила очки и положила ногу на ногу.

— Привет.

Она вздрогнула и оглянулась.

Некоторое время они просто смотрели друг на друга.

— Слушай, — быстро сказала Лёка, позабыв поздороваться, — помоги мне, а?

Кажется, он не удивился. Он никогда ничему не удивлялся.

Конечно, он удивился. И просто не подал виду.

Он выдвинул стул, сел напротив, потом привстал и вынул из заднего кармана джинсов немного приплюснутую пачку сигарет и телефон.

Он всегда все носил в карманах, отчего те оттопыривались и рвались.

— Ты бы еще картошку в них таскал, — кричала Лёка еще тогда, когда ей было дело до его карманов, — покупал бы в овощном картошку и ссыпал себе в карманы!

С тех пор прошло триста лет. Триста лет и три года. Может, даже с половиной.

— Чем тебе помочь?

— Вот смотри. Человек — женщина — приезжает в Питер в командировку.

— Молодая и прекрасная?

— Что? А, да. Молодая и прекрасная. У нее есть задание — передать документы и получить подпись. Ну, и сразу вернуться.

— Так.

— В Питере она пропадает.

— Как?! — неторопливо удивился Платон Легран. — Совсем?! Испаряется? Дематериализуется?

— Не перебивай меня. — Лёка дернула плечом. — Никто не знает, как она пропадает. Но если она пропадает... криминально, это дело милиции.

— Безусловно.

— Но пока до милиции не дошло, мне хотелось бы ее найти.

— Зачем?

— Меня шеф попросил, — почти не соврала Лёка, — Андрей Владимирович.

— Спятил твой Андрей Владимирович.

— Платон!

— Чего?

— Вчера мне удалось выяснить, что она приехала сюда, в «Англию», сломала ноготь, подняла бузу, почему-то отказалась идти на маникюр к здешней маникюрше, а потребовала, чтобы ее записали в салон красоты... в городе. А потом — фьють! Выехала из отеля. С тех пор ее никто не видел, и на связь она не выходит.

— То есть сколько она здесь пробыла?

— Говорят, часа три, а потом все.

Платон Легран немного подумал.

— А отель у нее на какой срок забронирован?

— На две ночи и три дня.

Он еще подумал.

— Знаешь, Лёка, — произнес он задумчиво и потянул из пачки сигарету, — я бы так сказал: если ее не увезли силой...

— Нет, сама уехала!

Он не обратил на нее никакого внимания.

— ...если не силой, значит, у нее была какая-то веская причина уехать. — Он покрутил рукой с зажатой в пальцах сигаретой. — Ну, я не знаю! Романтическое свидание, понимаешь? Она же не так чтобы принцесса датская, то и дело посещающая пятизвездочные отели! Вот ты бы отсюда по своей воле выехала до срока? Если у тебя здесь все оплачено?

— Пожалуй, нет, — сказала Лёка задумчиво. — Пожалуй, ты прав.

— И поэтому она на маникюр здесь не согласилась. У нее было назначено свидание, и она не могла опоздать. Маникюр, как я понимаю, мог ее задержать. Очевидно, она ждала какого-то звонка, дождалась и уехала. Уж куда уехала — на маникюр, или, может, в загс, или еще куда, — это установить сложно.

— Но можно?

— Лёка, ты серьезно?

— Я совершенно серьезно, Платон!

— И поэтому этот начальник службы безопасности с тобой прилетел? Чтобы провести частное расследование?

И Лёка опять соврала.

То есть не то чтобы соврала, но и всю правду не сказала.

Но если бы этот вопрос Платон Легран задал ей вчера, она совершенно иначе ответила бы.

Она сказала бы все наоборот.

Но он задал ей этот вопрос сегодня, как раз когда танцовщица, кружившаяся в центре зеркального озера на фоне голубого картонного замка, вдруг поняла, что кружиться больше не в состоянии. Что от кружения у нее болит голова, ноги ужасно устали и в глазах рябит.

Даже запах дорогого одеколона не проясняет сознание, а поцелуй в неопределенное место между щекой и губами, в точку «икс», кажется оскорбительным глумлением над ее женской сущностью и всеми ожиданиями.

А может, сущность ее за последние триста лет стала соответствующей — картонной. А может, целовавший оказался тем, кем оказался, — оловянным болваном. Хотя, может, и не болваном, но оловянным.

— Эта пропавшая, — твёрдо сказала Лёка, думая о болване, — его бывшая жена. Он о ней очень беспокоится. Сейчас он её ищет.

— А как он её ищет? Бегает по городу?

Лёка улыбнулась:

— Почти. Ты почти угадал. Он поехал к партнёрам, которым она везла документы. Хочет что-то там выяснить, я не знаю!.. Она там не была. Они сами её ищут, у неё же документы!..

Принесли яичницу, и Лёка стала быстро есть.

Поев немного, она вдруг вспомнила правила хорошего тона и спросила:

— Хочешь яичницу?

— Да я уж ел.

Тем не менее он взял вилку, залез к ней в тарелку и подцепил кусок. Он всегда был ужасающе бесцеремонным.

Пока он жевал, сосредоточенно скосив глаза к носу, Лёка его рассматривала.

Н-да.

— Что ты смотришь? — спросил он и подцепил ещё кусок.

— Заказать тебе, что ли?

— Да нет, это я так, от жадности. Может, лучше тебе еще одну заказать, а эту я доем?

Фу-ты ну-ты!..

— А кофе?

— И кофе.

Он быстро перетаскал из ее тарелки яичницу и сказал:

— Знаешь, я ем только потому, что твоя!.. Вот так просто ни за что бы не стал!

После чего он закурил, вытащил газету и углубился в чтение.

Ужасный человек.

— Простите, пожалуйста, — прошелестела рядом официантка, — у нас нельзя курить.

— Как?! — поразился Платон Легран. — Совсем?!

— Да, к сожалению, у нас запретили, после того как в Евросоюзе ужесточили правила борьбы с курильщиками. Извините, пожалуйста, но...

— Даже одну маленькую сигаретку? Одну-единственную? И нельзя?

Девушка улыбалась. Он говорил как-то так, что нельзя было не улыбаться.

— И потом, я вам хочу сказать, как физик физику, — тут он выпрямился и зашептал официантке прямо в ухо, —

дым отсюда точно не дотянет до Евросоюза!

Девушка прыснула.

— Ну, и бог тогда с ним, а?

— Я сейчас пепельницу подам, — сказала официантка весело.

— Вот спасибо вам большое!

— Ты ставишь ее в дурацкое положение, — заявила Лёка недовольно. Ее всегда злила его клоунада. — Ей теперь от начальства влетит.

— Не влетит.

— Почем ты знаешь?

— Я занимаю номер люкс на шестом этаже. Кажется, это самый дорогой номер в отеле. Я могу курить даже лежа голым на конторке портье! — Лёка вдруг громко захохотала. — Вряд ли его удастся сдать еще кому-то в ближайшие лет шесть. А может, восемь. Потом кризис минует, и в него вселится король Бахрейна, да и то если нефть подорожает, а так нет!..

— Как ты попал в номер люкс?!

— Сам не знаю. — Тут он пожал плечами и опять углубился в свою газету.

Сигарета все дымилась.

Н-да.

— Платон?

— М-м-м?

— А у тебя здесь... дела?

— У меня здесь были дела, — ответил он не глядя и стряхнул пепел в подставленную пепельницу. — Я на здешнем физтехе докладывал.

— Доложил?

— М-м-м?

— Я спрашиваю, когда ты уезжаешь?

— Завтра вечером, а что?

— А сегодня у тебя какие дела?

— Разные, — ответил Платон Легран и перегнул газету на другую сторону. — Ты скажи словами, что ты хочешь!

«Скажи словами»! Ах, как она узнает его в этой фразе!..

Я прошу тебя, скажи мне словами! Не надо намеков, я ничего не понимаю в намеках, я все равно не догадаюсь, что ты имеешь в виду.

И еще так: если хочешь что-то мне сказать, скажи сейчас!

Не надо ждать до завтра, до понедельника, до вечера, до Нового года! Время уйдет, драгоценное, стремительное, невозвратное время.

Однажды он попросил ее — скажи сейчас, — и она сказала, что уходит от него.

Был апрель, лучшее время года. Лучшее время в жизни. Начало всего.

— Платон, я хочу найти эту женщину.

Помоги мне. Ты же хорошо соображаешь!..

— Ну, во всяком случае, лучше тебя. — Тут он подумал и добавил справедливости ради: — По крайней мере, в вопросах физики.

Ни тактом, ни деликатностью, ни скромностью он никогда не страдал.

— Мне не нужна твоя физика!
— Напрасно.
— Мне нужно твое умение соображать.
— Когда?

Лёка смотрела на него, и он уточнил:

— Когда тебе понадобится мое умение соображать? Ну, через час, через два, когда?

— Лучше бы прямо сейчас. Мы бы сходили в этот салон на Большой Морской. Может, там кто-то ее запомнил. Или машину запомнил. Здешний швейцар мне сказал, что она села в большую темную машину, и за рулем был... этот самый... песец.

— Ты уверена, что именно песец? А не ондатр?

Лёка опять захохотала.

Ондатр — это из сказки. Ондатр лежал в гамаке и размышлял о бренности всего сущего, в то время как все остальные радовались жизни и готовили шоколадный торт или картошку с мясом.

Эта книжка, про Ондатра, Снусмумрика и Муми-Тролля, попалась им как раз здесь, в Питере, в магазине на Невском.

Они купили ее и потом все время читали друг другу вслух, и им казалось, что в детской сказке написано про них!..

— Платон, у него воротник был песцовый на куртке или лисий, что ли. Мне так швейцар сказал.

— Песцовый воротник на куртке у мужика?!

— А что тут такого?

Платон Легран пожал плечами.

— Да ничего. Красиво, наверное.

— Ну вот. Может, этого песца запомнили в салоне. Но мне одной... неудобно. Сходи со мной, а?

— Схожу, — согласился он моментально. — Схожу, конечно.

Он всегда соглашался, что бы она ни предлагала — молодое божоле или детективное расследование. Все это доставляло ему удовольствие, тогда, давно.

Лёка моментально приободрилась, вытащила у него из пачки сигарету, прикурила и быстро рассказала ему, как у них на работе всех поувольняли.

И как оставшиеся боятся, что их уволят тоже.

— А у вас как?

— Да у нас никак. Нас увольнять сложно, потому что мы все академики и доктора наук. Куда нас увольнять-то? Нам можно деньги перестать платить, но нам и так не платили!

— Ага, а номер люкс?!

— Ну, я же не со своего счета деньги снял! Это заказчики за меня заплатили.

— А им зачем, чтоб ты в номере люкс жил?

Он пожал плечами.

Странным образом его никогда не волновала... «внешняя сторона». Решительно ни в чем — ни в брюках, ни в машине, ни в месторасположении офиса. Брюки должны быть удобными и не слишком грязными. Машина должна возить. До офиса должно быть легко добраться.

— Там какие-то сложные протокольные интересы. Я же как бы на французов работаю. А у них свои дела с финнами, а у финнов с американцами.

— Ну и что?

— А проектом руковожу я, и гранты получаю тоже я. Финнам их не дадут никогда, потому что у них науки в принципе нет, а с американцами я делюсь. Ну, и они все приехали, и мне их надо было где-то принимать. Вот мне и сняли этот люкс. Там восемь комнат и четыре ванные.

— Быть не может!

— Ну, ладно, ладно, — согласился Платон Легран. — Три комнаты и две ванные. И большой стол для заседаний. Мы там как раз вчера заседали, после физтеха.

Когда он так говорил про работу, она начинала невыносимо его любить и страшно им гордиться. Она никогда не понимала, чем именно он занимается, и подозревала, что девяносто девять и девять процентов людей на планете Земля тоже не поняли бы, и за эту избранность, принадлежность к одной сотой процента, она его обожала.

Это было триста лет назад.

Никто не умел так думать, как он. Так быстро и так красиво чертить на любых клочках бумаги какие-то графики. Так моментально забывать обо всем, когда ему в голову приходила «мысль». Так стремительно переключаться на свое, внутреннее, то, что было у него в голове. Так насмешливо и с таким снисходительным добродушным превосходством относиться к тем, кто соображал хуже или медленней.

Никто не умел быть таким занудным, как он!..

Когда они вышли, оказалось, что на улице очень белый, до боли в глазах, странный сырой мороз. Снег перестал, и на ветвях деревьев лежали примерзшие толстые белые снеговые канаты. Под ногами там, где не посыпали, был деревенский проселок, а где успели посолить — мерзкое ледяное крошево.

— Как я люблю Питер.

Платон покосился на нее:

— Ты бы держалась за меня, Лёк. Навернешься, костей не соберем.

Н-да.

Ужасный человек, ужасный.

— Ты знаешь адрес этого салона?

— Да мы там с тобой были! — опрометчиво воскликнула Лёка. — Не помнишь? Ну, когда зимой приезжали! Господи, ну, когда в Константиновском дворце президент собирал всех, таких, как ты!.. А ты космы отрастил почти до пояса, и я тебя стригла! Не помнишь?

Он пожал плечами. Должно быть, не помнил.

— А... таких, как я, — это каких?

— Полоумных, — пояснила Лёка. —

Ну, то есть больших ученых. Гордость Отечества и надежду нации.

— А-а.

Они шли по деревенскому проселку, и снег поскрипывал у них под ногами.

Лёка держала его под руку так, как кинозвезды на Каннской лестнице держат сопровождающих — невесомо положив ладонь на рукав смокинга. В данном случае — дубленки.

Ей хотелось взяться покрепче. За триста лет она совсем забыла руку Платона и еще забыла, как это бывает, когда просто держишь его под руку и понимаешь — он мой.

Все эти французы, американцы и обитатели Константиновского дворца, которые смотрят ему в рот, очевидно, как и Лёка, не понимая ни слова из того, что он говорит, могут задавать ему вопросы, снимать ему шестикомнатные люксы, выслушивать его мнение, но все это не в счет.

Он принадлежит только Лёке. Ну, то есть принадлежал когда-то. Она уже почти не помнила, как это было.

Он чихнул, шмыгнул носом и спросил:

— А какой сегодня день недели?

— Четверг.

Интересно, вспомнит или нет? Про божоле, белую скатерть, витые свечи, пузатые бокалы и предчувствие праздника? Про то, что сегодня день подведения итогов, последний шанс оглянуться и попытаться что-то исправить, а там — за далью даль, «не оглянешься — и святки, только промежуток краткий, смотришь, там и новый год!»[1]

Снег идет, снег идет.

— Как поживает твоя сестрица?

— Ника? Прекрасно. Ей не пишется. И она скулит, что ей нужен отдых и развлечения. А я не понимаю, как это, пишется, не пишется! Сиди, пиши, вот все и напишется.

— Конечно, ты не понимаешь, ты же глубоко творческая натура, — объяснил Платон Легран. — Ты попробуй. Сядь и пиши. А потом мы оценим, что напишется.

— Платон, мне не нравится, когда ты говоришь со мной таким тоном, как будто...

В это время в кармане ее короткой шубейки зазвонил мобильный, и Лёка, не договорив, выхватила телефон.

---

[1] Цитата из стихотворения Б. Пастернака «Снег идет».

Звонил Артем.

— Леночка, ты где?

— На Большой Морской, — призналась Лёка честно.

— Ты что, такси ловишь? Я же тебе сказал, попроси, чтоб вызвали! Еще не хватало, чтобы ты тоже пропала! Или упала куда-нибудь. Ты же все время падаешь!

— Артем, ты до офиса доехал?

— Да, — сказал он с досадой. — Только здесь нет никого! Они все раньше одиннадцати на работу не приезжают!

Лёка посмотрела на часы. Ну, этого следовало ожидать. Питер живет немного в другом ритме и немного по другим законам.

— Ты будешь ждать?

— Конечно! Мне же надо все как следует выяснить. А ты когда подъедешь?

— Вскоре, — туманно сказала Лёка. — Если что-нибудь узнаешь, сообщи мне сразу же, ладно?

— Ну конечно, — пообещал Артем с жаром. — Я все утро Насте звонил, и никто не отвечает, представляешь?

Представляю. Вполне. Ты уж третий день звонишь, и никто не отвечает. Вот вопрос — зачем при этом звонить «все утро»?! Может, пару раз позвонил, и хватит?

— Будь осторожна, пожалуйста, — попросил Артем тихо. — Я очень тебя прошу. Я и так места себе не нахожу.

Раздраженная Лёка пообещала быть осторожной, захлопнула крышечку телефона, сунула его в карман, независимо посмотрела в лицо Платону, сделала шаг и — фьють! Одна нога поехала в одну сторону, другая в другую, Платон схватил ее за шиворот, как кота, но не удержал. Лёка хлопнулась на живот прямо в центр ледяного крошева, в которое перешел деревенский проселок.

— Елки-палки!..

Ей было больно, и обидно, и неловко, а он тащил ее вверх за руку, так что локоть еще и выворачивался под неправильным углом! Почему все мужики, пытаясь тебя поднять, тащат за руку?! Как будто куль с мякиной можно поднять за торчащую из него соломинку!..

— Отцепись от меня, Платон!

— Вставай.

— Я не могу! — На глазах у нее выступили слезы. — Ты так меня держишь, что встать я не могу!

Мимо пробегали прохожие, посматривали с интересом.

Он отпустил ее руку, Лёка кое-как перевалилась на четвереньки и встала.

Слеза капнула на шубейку. Впрочем, с шубейки капали не только слезы, но еще грязная вода, мокрый снег и какая-то жижа.

— Господи, ну что это такое?!
— Больно, Лёка? Покажи мне, где ты ушиблась!
— Везде, — процедила она сквозь зубы.
— А ноги? Целы?

Тут он присел на корточки и совершенно бесцеремонно задрал ее шикарную длинную юбку, надетую сегодня утром по поводу плохого настроения.

— Платон, черт тебя побери!

На чулки лучше было не смотреть, чтобы не расстраиваться. Тяжелый шелк юбки был насквозь мокрый. И еще ей почему-то было очень неудобно стоять, ее заваливало на сторону. Она переступила ногами, рукавом шубейки утерла нос и поняла, в чем дело.

Каблук от ее ботинка лежал вдалеке, как будто отторгнутый от Лёки невидимой, но большой силой.

— Платон!.. Каблук! У меня отвалился каблук!
— Где?!

Она показала глазами. Он отошел,

поднял и стал его рассматривать, словно был сапожником и намеревался немедленно его прибить.

— Ты знаешь, — сказал Платон оживлённо и с интересом, — мне кажется, что это уже не лечится. Он не только оторвался, он, видишь, пополам треснул!..

— Вижу, — сквозь зубы процедила Лёка.

Кое-как она доковыляла до серой вымороженной стены и взялась за нее рукой. Нужно возвращаться в гостиницу, переодеваться и начинать все сначала. Правда, непонятно, как удастся втиснуть подвернувшуюся ногу в следующие башмаки на шпильках, но она постарается.

Платон Легран ловко запустил каблук в урну, подошел и крепко взял ее под руку.

— Дура, — сказал он с каким-то очень понятным и очень мужским сочувствием, — разве можно по такой погоде и по нашим тротуарам ходить на таких... ходулях?!

— Зачем ты выбросил каблук?

— Ты можешь идти? Или везти тебя в травмопункт?

— Мне надо в гостиницу. У меня все мокрое, и чулки порвались!

И тут вдруг он сказал совершенно бесстыдно:

— У тебя сказочные чулки, хоть и порвались! Мечта любого мужчины. Только такие чулки нужно надевать... на ночь, а не среди бела дня! Чего добру пропадать!

Лёка смутилась.

Вот так просто взяла и смутилась, стоя на одной ноге на улице Большой Морской, держась за серую вымороженную стену, от того, что человек, с которым она рассталась триста лет назад, сказал какую-то смешную глупость про ее чулки!..

— Держись за меня, и пойдем потихоньку.

Лёка ухватилась за него основательно, а не как полагалось на Каннской лестнице, и они заковыляли. Проковыляв какое-то время, она вдруг сообразила, что он ведет ее вовсе не в гостиницу.

— Платон, куда мы идем? Я не могу в таком виде...

— Мы уже пришли.

И он толкнул перед ней узенькую сине-зеленую дверцу, на которой был вырезан всадник верхом на лошади.

В тесном помещении были темные полы и деревянные стены. Стояли какие-то сундуки, а на сундуках лежали почему-то ковбойские шляпы. На стене висело седло — Лёка уставилась на седло во все глаза.

Из полумрака возникла девушка и тоже уставилась на них во все глаза.

— Здрасте, — сказал Платон Легран. — Мы прямо здесь, напротив вашего магазина, упали! Вы бы хоть песком посыпали, что ли!

— Посыплем, — пообещала девушка, переводя взгляд с одного на другого.

Лёка доковыляла до сундука и уселась на него, потеснив шляпы.

Появилась дополнительная девушка, и теперь они таращились на них вдвоем.

— Нам нужно джинсы купить, — объявил Платон. — И ботинки. Вы продаете ботинки без шпилек?

Тут девушки разом засмеялись.

— У нас джинсовый магазин, здесь не бывает ботинок на шпильках!

— Слава богу.

— Сильно ударились? — сочувственно спросила у Лёки первая девушка. — Зимой тут все то и дело падают. Хотите, я вам кофе сделаю, пока джинсы будут искать?

Лёка не хотела никакого кофе, она хотела в одиночестве осмотреть масштаб разрушения и оценить свои раны.

— Она хочет, — ответил Платон. — Она всегда хочет кофе. Вот, знаете, среди ночи разбуди ее и спроси: «Хочешь кофе?» — и она как подско-очит, как побежи-ит!..

— Замолчи, — сказала Лёка ледяным тоном. — Замолчи сейчас же.

— Сейчас будет кофе, — пообещала первая девушка. — А джинсы вам какие? Посветлее, потемнее? Поплотнее, потоньше?

Лёке хотелось сказать, что никаких не надо, но продавщицы так сочувственно на нее смотрели, так хотели помочь, что она вздохнула и покорилась:

— Я люблю... светлые. Голубые. Можно рваные.

— Рваные нельзя, — вмешался Платон Легран. — Рваные надо сначала зашить, а потом носить!

— Ты думаешь, это смешно?!

Девушки куда-то скрылись, а он подошел и сел перед ее сундуком на корточки.

— Больно тебе, да?

— Нет, — огрызнулась Лёка. — Мне жалко чулки и ботинки.

Он вдруг приподнял ее юбку, она подалась от него назад и посмотрела остановившимся взглядом, а он подул на ее холодные оцарапанные коленки, сначала на одну, потом на другую.

Дыхание было теплым.

От его дыхания стало жарко почему-то не коленкам, а спине и еще затылку.

— Что ты делаешь? — шепотом спросила Лёка.

— У кошки заболи, — скороговоркой выпалил он. — У собаки заболи. У Лёки подживи.

И опять подул. А потом посмотрел ей в лицо.

Непонятно, что сделалось в этот момент.

Вроде бы молния не сверкнула. Вроде бы гром не грянул.

Нет, не грянул.

Платон наклонился и поцеловал сначала одну её коленку, потом другую. А потом снова ту и снова другую.

Лёка закрыла глаза.

Стало жарко везде, и кожу стало покалывать, как будто Лёка долго сидела слишком близко к огню.

К огню?.. Нет никакого огня. Есть зеркальное озерцо, посреди которого кружится на одной ноге танцовщица в голубой юбочке, рядом навытяжку стоит оловянный солдатик, а на заднем плане картонный замок с одними лишь окнами.

Двери забыли пририсовать.

Где-то что-то громко стукнуло, и Лёка мигом открыла глаза. Платон и не подумал подниматься. Он только оторвался от ее коленок.

— Вот и кофе, — весело сказала материализовавшаяся из сумрака магазина девушка. — И джинсы мы нашли! Вы попейте, а потом померяем.

Лёка моргнула.

Кофе был в огромной глиняной кружке, и пахло от него хорошо, настоящим кофе, без дураков. Девушка сунула кружку ей в руку, и Лёка бы не удержала, пролила, если бы Платон не перехватил. Он перехватил, отхлебнул, с удовольствием промычал что-то и сунул кружку ей ко рту.

Она тоже робко глотнула.

Непонятно, как это все вышло, но в глотке кофе тоже было что-то невыносимо эротическое, чувственное, интимное. Она как будто приворотного зелья хлебнула!..

В зелье было много сахара и, кажется, еще чего-то.

— Корица, — пояснила девушка, когда Лёка на нее вопросительно посмотрела. — Для аромата. А примерочная здесь.

Платон как-то очень естественно расстегнул на ней ботинки и стащил один за одним. Теперь Лёка сидела на сундуке еще и без ботинок.

Ну, это уж совсем неприлично!

Сунув Платону кружку, она поднялась и пошла в примерочную, а следом девушка втащила стопку джинсов.

— Давайте я заберу вашу шубу. Вам будет удобней.

Лёка, как под наркозом, отдала ей шубейку.

Плотные шторы сомкнулись, и очень медленно Лёка расстегнула юбку, которая разлилась вокруг ее ног озерцом черного шелка, и один за другим стащила чулки.

Ничего не случилось. Ничего не произошло. Он был твоим любовником. Он знает тебя как облупленную. Он сто раз видел твои коленки, локти, зрачки, груди!..

Лёка быстро села на табуреточку, прямо на кипу джинсов, и тут сверху над ней нависла физиономия Платона Леграна.

— Ну что? Ни в одни не влезаешь?
— Уйди, пожалуйста!
— Может, другой размер попросить?
— Закрой штору немедленно!

Он вдруг протянул длинную ручищу, взял Лёку за подбородок и заставил смотреть себе в лицо.

— Я и забыл, какая ты, — сказал он негромко.

— Какая я? — как завороженная повторила Лёка.

— Красивая. Гладкая. Длинная.

Да. Это правда.

До превращения в картонную танцовщицу Лёка все время чувствовала себя... живой. Женщиной из плоти и крови. Из желаний и фантазий. Из невозможных мечтаний, которые оказывались возможными, как только она шептала ему о них на ушко.

У них даже игра была такая. На светском мероприятии, где было невыносимо скучно, невкусно, глупо и незачем, она вдруг говорила ему, что именно сделает с ним, как только они доберутся до дома.

Или он рассказывал, как именно планирует провести субботнее утро. И им становилось наплевать на мероприятие, и думали они об одном и том же, и самым главным становилось... перетерпеть оставшиеся два часа до того, как за ними закроется дверь их квартиры.

И он никогда не боялся. Ни себя, ни ее.

Лёке казалось, что он воспринимает секс как еду или воду. Сколько-то можно протянуть... без, а потом все, помрешь.

Получив ее, он становился счастливым и гордым победителем, даже если он получал ее каждый день или через день, все равно — победа, гордость обладания!..

Картонная танцовщица со своим оловянным солдатиком ничего такого никогда не делали, и поначалу казалось — это к лучшему. В конце концов, любая зависимость опасна, а она начала впадать в зависимость, да еще как начала!

Оловянный солдатик рано вставал «по делам» — ему надо было навестить дочь, мать или бывшую супругу. Или съездить в магазин. Или отогнать машину на сервис. Или прочистить трубу в ванной. Шататься голым по замку ему даже в голову не приходило, как можно?! На людях они никогда не целовались — что за цирковые номера?! Полетом фантазии тоже не страдали — в этом есть нечто извращенное, а мы нормальные, нормальные!

Я называю тебя Зайка, а ты называешь меня Лапуля. Какие уж тут полеты!..

Собственно, вот и надпись: «Конец». Во второй серии будут дети, но процесс их производства остается за кадром, ибо никого этот процесс особенно не интересует. Все от века известно, а нового ничего не изобретут!..

— Ну, как там? — услышала Лёка сквозь легкий и приятный шум в голове.

Так потрескивает огонь в камине. А может, это ее картонный замок горит?..

— Как размер? Подошел?
Батюшки мои! Размер!..

Она вскочила, натянула джинсы и покрутила попой перед Платоном, который и не думал убраться за занавеску.

— Ну как?

— Прекрасно.

Но на него нечего было рассчитывать. Ему нравилось все, что она себе покупала, кроме, пожалуй, шпилек. Впрочем, шпильки он тоже готов был терпеть.

Потеснив его, Лёка выскочила в зал, и обе продавщицы уставились на нее.

— Мне кажется, они вам великоваты. Завтра будут висеть здесь и здесь. Там есть размер поменьше, попробуйте!

Лёка ворвалась в кабинку, выкопала из кипы самые голубые, самые потертые на коленках и карманах, самые хипповые на вид, и втиснулась в них, понимая, что это джинсы ее мечты и что бы ей ни говорили продавщицы, она без них уже не уйдет.

— Ну, вот это другое дело! — сказала продавщица громко, когда Лёка вернулась в зал и стала крутиться перед зеркалом.

— Сидят хорошо, — поддержала вторая тоже громко.

— Задница очень хороша, — добавил Платон, очень тихо, Лёке в самое ухо. — Глаз не оторвать.

Еще они купили невыносимо желтые ботинки на толстенной рифленой подошве, носки в цветах американского флага, зачем-то черную коротенькую жилетку, про которую продавщица сказала, что она будет очень хорошо смотреться с голубыми джинсами и белым Лёкиным свитером. Узкая жилетка подхватила Лёкину грудь так, что Платон моментально на нее уставился, и ей пришлось пнуть его локтем в бок.

Потом Платон купил рюкзачок, чтобы нести в нем пострадавшую мокрую юбку и еще что-то.

— Заходите к нам! Мы вам еще что-нибудь подыщем! — приглашали девушки, и Платон с Лёкой обещали, что непременно зайдут.

После полумрака волшебного магазина — как будто из табакерки вынырнули! — улица показалась ослепительной, сияющей, свежей, и Лёка полной грудью вдохнула сырой мороз, которым дышал нынче Питер.

Во всех этих новых вещах ей было как-то на редкость весело ощущать себя всю, от макушки до пяток, — и ноги в голубых джинсах казались длинными, и ботинки не жали, и было не страшно, что вот-вот упадешь, и грудь, подхваченная черной суконной жилеткой, как-то по-особенному выпирала из шубейки. По крайней мере, Лёке так казалось.

— На. Это тоже тебе.

И он сунул ей перчатки. Лёка тут же сняла мокрые, в которых она упала, и нацепила сухие, толстые, замшевые, да еще такого же невыносимо желтого цвета, что и башмаки!..

Они шли и молчали.

Как бы это спросить... половчее? Как бы спросить так, чтобы он ничего не заподозрил?

Вот, например, если спросить: «Как у тебя с личной жизнью, Платон?» — это будет достаточно ловко, или он все-таки что-нибудь заподозрит?

А можно так спросить: «У тебя есть герлфренд, Платон?» Это будет достаточно непринужденно или он все же заподозрит?..

И какое прекрасное, звучное слово «герлфренд»! Очень в духе двадцать первого века, как выразился бы Андрей Владимирович.

— Слушай, — Платон Легран поправил на носу очки и посмотрел на Лёку, — а этот, чью жену мы должны искать по всей Большой Морской, твой любовник, что ли?

Н-да.

Лёка шагала и смотрела на носы своих невыносимо желтых, только что купленных ботинок.

А черт его знает, кто он!..

Он главный мужчина Лёкиной жизни, ни больше ни меньше. Они вместе работают, вместе отдыхают, вместе ужинают — иногда. Они любят одно и то же — загород, баню, шашлыки и речку. Он очень нравится Лёке, высокий, красивый, длинноногий, вкусно пахнущий! Ей нравится, что он умеет «ухаживать за собой», принимает душ, покупает одеколоны, разбирается в марках одежды и знает, кого из пары Дольче — Габбано зовут Стефано. Еще ей нравится, что он начальник службы безопасности, а мужчина с пушкой за ремнем испокон веку привлекает женщин, как свет керосиновой лампы мотыльков. Ей нравится, что с ним можно обсудить дела сослуживцев, что его не утомляют «гаремные» разговоры — кто на кого и сколько раз посмотрел, кто кому позвонил, кто кому изменил или только собирается изменить.

Да, конечно, голым по квартире он не шатается и не щиплет ее за попку на скучном вечере так, чтобы никто не видел, но все же с неким намеком на продолжение.

Теорему Ферма тоже доказать не сумеет, да и вообще вряд ли знает о существовании этой теоремы, равно как и всех прочих. Ну, книг никаких не читал! Но по нынешним временам их никто не читал. Еще он всегда безропотно моет посуду и чистит картошку — то есть «помогает»! — а также обожает свою дочь. Значит, будущих совместных детей он тоже будет обожать.

При мысли о том, что планируются совместные дети, Лёка быстро втянула воздух, так что от холода заломило зубы.

— Лёка?

— Что ты ко мне пристал, Платон?

— Я разве пристал?

— Какое тебе дело, сплю я с ним или нет?

— Я ревную, — выговорил он отчетливо. — По-моему, это понятно.

— Как?!

— Так.

— Ты... меня ревнуешь?!

— Ты из-за него меня бросила?

Честно сказать, так оно и было.

Артем начал ухаживать за ней — подвозить на машине, покупать шоколадки и игрушечных медвежат, приглашать в парк, и темная страсть Платона Леграна, в которой она утопала, показалась ей опасной.

Слишком опасной, а она всегда была осторожной девочкой. Не то что сестрица Ника.

— Я тебя не бросала.
— Ну да!
— Ты вел себя ужасно. Я тебя просила — не надо!.. А ты все продолжал.
— Что не надо? — осведомился он, и тут Лёка поняла, что никак не может вспомнить, что именно было «не надо».

То, что вспоминалось, для объяснения причин разрыва не годилось.

Не надо ставить на батарею грязные ботинки, надо их сначала помыть? Не надо на корпоративной вечеринке рассказывать анекдоты про Василия Ивановича, а потом первому заливаться веселым смехом? Не надо разговаривать с директором по маркетингу как с убогим только потому, что он не понимает ни слова из того, о чем ты говоришь? Не надо класть в передний карман джинсов кошелек, потому что это выглядит недостаточно красиво? Не надо орать на весь дом: «Витюся, давай!», когда по телевизору показывают футбол?!

— Платон, — сердясь, заговорила Лёка, — ты же все помнишь! Мы расстались потому... потому... короче говоря, мы не можем быть вместе... нам это противопоказано!

— Это ты сейчас кино цитируешь? Или книгу?

— Платон!

Он остановился посреди улицы, взял ее за руку и повернул так, чтобы она смотрела ему в лицо.

— Я честно старался понять, — выговорил он четко, — почему я стал нехорош. Все время был хорош, а потом вдруг раз, и все. Я честно пытался это выяснить. Я даже звонил твоей сестре.

— Нике?!

— Она сказала, что тебе повстречался мужчина твоей мечты и тебе сейчас лучше не мешать, потому что ты всегда идешь к цели как танк. В данном случае твоя цель — этот самый мужчина, нормальный во всех отношениях, в отличие от меня, во всех отношениях ненормального. Еще она сказала, что он быстро тебе наскучит.

— Ника?!

— Она сказала, что когда у людей любовь, как у нас с тобой, мелкие ошибки и недоразумения не идут в зачет. Она сказала, что ты в чем-то ошибаешься, но я так и не понял, в чем именно.

— Ника?!

— Все бы ничего, но эти ошибки и недоразумения затянулись на несколько лет! Теперь ты ищешь в Питере его пропавшую жену! И я почему-то ищу ее вместе с тобой. Мы зачем все это проделываем? Может, нас надо в Кунсткамеру, в общую бочку со спиртом, как двух редких уродцев?

Тут он вдруг отошел от нее, зашел за угол троллейбусной остановки и стал открывать пачку сигарет, нетерпеливо бросая в урну бумажки и пленки.

Лёка приблизилась к нему.

— Ты можешь никого не искать, если не хочешь, — робко сказала она.

— Ну, конечно!

Она перехватила его руку, и он посмотрел на нее.

— Сегодня третий четверг ноября, — сказала она быстро. — Я приглашаю тебя в ресторан. Мы будем есть мясо, салат «Цезарь» и пить молодое божоле.

— Я не люблю красное вино.

— Неужели? — надменно спросила Лёка, вытащила из пачки сигарету, нашарила в кармане его дубленки зажигалку — он терпеливо и привычно повернулся боком — и закурила. — Придется полюбить.

— А этого, нормального, мы куда денем?

— Это уж моя забота. Давай только зайдем в салон красоты! Ну, чтобы довести дело до конца. А где мои ботинки? Ну, которые раньше на мне были?

— Я их выбросил в помойку.

— С ума сошел, что ли? — обиделась Лёка.

Он пожал плечами.

— Сошел. Я давно сошел с ума.

Это было сказано совсем о другом, и так они стояли на остановке, курили и смотрели в разные стороны, как будто ничего не произошло и как будто сегодня вовсе не третий четверг ноября.

День, когда пробуют молодое божоле.

Еще куда ни шло, если бы им было по семнадцать лет!.. А им больше, намного больше, вдвое больше! Еще куда ни шло, если бы они только приноравливались, приглядывались друг к другу, словно пробуя на разрыв прочность каната, которым они связаны раз и навсегда. Но они расстались триста лет назад, а до этого им казалось, что они знают друг друга еще тысячу, практически от сотворения мира!

Еще куда ни шло, если бы Лёка на работе засмотрелась на завскладом, бывшего десантника, а Платон бы по этому поводу устроил скандал. Или он вдруг уставился бы на секретаршин бюст, и Лёка закатила ему истерику.

Но ведь все не так.

Все всерьез. И давно всерьез!.. И разрыв, и новые «правильные» отношения, и ее поиски нового нормального мужчины, и абсолютная ненормальность мужчины старого — права сестрица Ника!

Впрочем, она права еще в одном. Пожалуй, раньше Лёке это не приходило в голову.

«Нормальность» — это очень скучно. Невыносимо скучно. Чертовски скучно. Хоть удавись.

— Слушай, у тебя же были какие-то дела!

— Когда?

— За завтраком, — подумав, напомнила Лёка. — Ты съел мою яичницу и сказал, что у тебя сегодня в Питере еще дела.

Он махнул рукой.

— В крайнем случае, я их улажу по телефону. А может, мне повезет и про меня сегодня никто не вспомнит.

Салон красоты «Галерея» на самом деле оказался «салоном». Не забегаловкой, обитой сайдингом, с зеленым капроновым ковриком при входе, с зеленой же капроновой пальмой в углу, с разномастными креслами и позапрошлогодними журналами на пыльном стеклянном столике, а вполне респектабельным заведением с зеркальным потолком, черными плиточными полами, запахами кофе и дорогой парикмахерской.

Девушка за стойкой выглядела удручающе прекрасной.

Лёка всегда боялась таких девушек. Ей казалось странным, что столь прекрасные красавицы должны ухаживать за ней, Лёкой. Логичнее было бы наоборот.

И еще ей было неловко, что они пришли, а делать ничего не собираются — ни стричься, ни бриться, ни наращивать волосы, ни выщипывать брови! Всем нынче трудно, клиентов небось мало, надо как-то поддерживать друг друга!

Кроме красавицы за стойкой, в сверкающем помещении не было ни единой живой души, только сочилась откуда-то сверху тихая «салонная» музыка.

— Вы по записи?

— Н-нет, — Лёка сняла свои необыкновенные перчатки и покосилась на ничего не подозревающего Платона. — Но нам бы... подстричься. Вот молодой человек желал бы!

Платон уставился на нее:

— Я желаю стричься?!

— Ну конечно, конечно, — затараторила Лёка, улыбаясь по очереди то ему, то прекрасной девушке, — тебе же на конференцию лететь, милый, а ты весь зарос, посмотри на себя!

— Куда мне... лететь?!

Лёка стала расстегивать на нем дубленку и больно ущипнула за бок.

— Не хочу я стричься! И не щиплись!

Продолжая расстегивать на нем дубленку — любящая жена, ухаживающая за капризным мужем, — она послала девушке еще одну очаровательную извиняющуюся улыбку, означавшую: ну, что делать, ну, он у меня такой!..

Медведь, бурбон, монстр.

Девушка вышла из-за стойки и раскинула руки, чтобы принять дубленку Платона.

— Вы знаете, — стрекотала Лёка, — его нужно подстричь очень коротко, ну, вот чтобы был такой ежик, знаете? Его уговорить пойти в парикмахерскую ну почти невозможно!

— Меня невозможно уговорить?!

— А у него такая ответственная работа! Он то с французами встречается, то с американцами, то с немцами!..

— Не встречаюсь я с немцами!

— Тогда, может быть, еще маникюр?

— Это было бы вообще замечательно! А у вас есть мастер?

— Яночка делает самый лучший маникюр во всем городе!

— Мне не нужен маникюр, — всерьез перепугался Платон Легран, доктор физико-математических наук, без пяти минут нобелевский лауреат. — Лёка, ты что, всерьез думаешь, что я стану делать маникюр?!

Лёка, стащив с него дубленку, сунула ее в руки девушке, которая обняла ее со всех сторон, как младенца. Лёке это не понравилось.

Тогда, триста лет назад, ей все время казалось, что разного рода барышни проявляют к нему повышенный интерес, несмотря на вечно скособоченный шарф, оттопыренные карманы и привычку кое-как бриться. Но ей казалось, что он настолько... блестящий мужик, что это всем сразу видно и неудержимо притягивает к нему женский пол. Его джинсы, водолазки, твидовые британские пиджаки и профессорские очочки очень шли ему, а умение ни на что и ни на кого не обращать внимания, кроме того, что его действительно интересовало, словно возвышало его над всеми остальными.

Когда Лёка объясняла себе, почему они должны расстаться, ревность шла в списке под одним из первых номеров.

— Все, что угодно, только не маникюр, — продолжал между тем скулить перепуганный доктор и профессор, — ну, хочешь, я схожу на сеанс в турбосолярий?!

— Почему-то мужчин особенно трудно уговорить именно на маникюр, — заметила девушка с милой улыбкой, — хотя сейчас многие поняли, что это важнейшая часть ухода за собой!

«Уход за собой» — это было что-то очень похожее на Артема Василькова.

— И потом, — продолжала девушка с воодушевлением, — ведь маникюр вовсе не означает покрытие лаком!

— Покрытие?! — совсем уж обессилел Платон Легран. — Лаком?!

— Да не будет никакого лака, — снова заспешила Лёка, — видишь, как нам повезло! Полетишь на свою конференцию, как приличный человек, подстриженный и ухоженный.

— Лёка, — сказал он угрожающим тоном, — я не стану делать маникюр.

— Ты посмотри на свои руки! — Она подняла его ладонь и покрутила ею в воздухе. Он покорно терпел. — Одни заусенцы! Можно подумать, что ты ногти грызешь!

— Грызу, — признался Платон, — время от времени.

— Значит, тебе нужно делать маникюр! Время от времени.

Он смотрел жалобно, и Лёка точно знала, что он согласится.

Он всегда на все соглашался, что бы она ни предлагала — провести воскресенье, не вылезая из постели, ужинать с божоле или делать маникюр!

У нее в арсенале имелся прием, который всегда срабатывал, — если ты не хочешь делать это для себя, сделай *для меня*.

И он соглашался.

Пока его стригли — на втором этаже, среди зеркал, сверкающих чаш, каких-то странных приборов и мелких розочек, расставленных на черных столах, — Лёка сидела рядом в свободном кресле, качала ногой и рассматривала свои новые хипповые джинсы.

Надо бы уже приступить к расследованию, но ей было так лень и так наплевать на все!..

Платон, прикрытый черным капроновым покрывалом, время от времени строил ей рожи. Ножницы в руках мастерицы приятно позвякивали и посверкивали, а за окнами опять пошел валить снег.

Третий четверг ноября.

— Здесь оставить или тоже убрать?

Он пожал плечами под своей накидкой.

— Лёк, здесь оставить или убрать?

Вот кто решительно не умел «ухаживать за собой»!..

Лёка слезла с кресла, в котором крутилась, подошла и стала смотреть. Платон Легран в зеркале поднял брови.

— Что ты так смотришь?

Она смотрела, потому что он ей очень нравился, просто ужасно. И картинка была трехсотлетней давности. Тогда она затащила его в этот салон и так же сидела рядом на какой-то табуреточке, потому что все места были заняты! Она сидела, смотрела и радовалась, что в Константиновский дворец он поедет «красивым»!

Когда со стрижкой было покончено, упирающегося клиента повлекли в маникюрный кабинет, к Яночке, и впрямь оказавшейся мастерицей своего дела.

В два счета она усадила Платона за шаткий столик, включила лампу, засунула его ладони в миску с горячей водой и сказала весело, чтобы он ни о чем не волновался. Она работает очень быстро, а руки его на самом деле в ужасном состоянии.

— Я на прошлой неделе отцу помогал машину чинить, — пояснил доктор наук и профессор, — вот ногти и того...

— Вообще говоря, для таких работ обязательно нужно надевать перчатки.

Платон зевнул, не разжимая челюстей.

Лёка теперь сидела у него за спиной, испытывая невыносимое желание порыться носом у него между лопаток, а потом привалиться щекой и так сидеть.

Она бы сидела, и Платон бы сидел, и хорошо бы при этом, чтобы Яночка куда-нибудь делась.

— Может, вам тоже сделать маникюр?

— Да-да! — вскричал Платон, почуявший возможность отыграться. — Сделайте ей маникюр, педикюр и еще вот это... когда обдирают лишнюю шерсть!

— Платон!!

— Эпиляцию, — весело сказала Яночка, — только ее я не делаю, это вам надо к косметологу записаться.

— У тебя идиотские шутки, Платон!

— Я еще могу анекдот про поручика Ржевского рассказать.

Лёка отвернулась и засопела.

Вовсе ей не хотелось прижиматься

щекой к его водолазке и сидеть так всю оставшуюся жизнь!

Ужасный человек. Невыносимый.

Тут она вспомнила про расследование, про пропавшую супругу мужчины ее жизни и про то, что в данный момент она должна ее искать.

Это просто снег, Питер и третий четверг ноября закружили ей голову.

Ничего этого нет, все мираж, фантом. Она заглянула в прошлое, и оно показалось ей прекрасным, как идиллическая картинка. Так бывает с ним, с прошлым. За триста лет подзабылось все плохое, и теперь ей кажется, что в той жизни она шла по аллее Летнего сада под руку с милым человеком, и листья шуршали под ногами, и казалось, что все на свете можно ему сказать, и все это будет ему важно!..

Мираж, фантом.

Непонятно как, спиной, что ли, но он вдруг понял: что-то случилось.

Выдернув руку из ванночки — с пальцев капала мыльная пена, — он повернулся и посмотрел на нее.

Яночка ахнула.

— Осторожней, я могу вас поранить!

— Нет, — сказал Платон Легран, рассматривая Лёку, — *вы* никак не можете меня поранить, Яночка.

Лёка несчастными глазами посмотрела ему в лицо.

— Не переживай, — сказал он негромко. — Не переживай, как-нибудь все уладится.

Она кивнула.

Расследование, Артем, бывшая жена пропала. Как тут может что-нибудь уладиться?! Ну, хоть что-нибудь?

Он вернул руку в ванночку, и ниточка как будто оборвалась. А утром, когда она сказала ему: «Помоги мне!»: — эта ниточка совершенно точно появилась снова!..

— Яночка, — сказала Лёка тем самым голосом, которым говорила с подчиненными, — скажите, а два дня назад вы работали?

— А какое это было число?

Лёка стала судорожно подсчитывать, какое это могло быть число.

— Восемнадцатое, — подсказал Платон Легран.

— Восемнадцатого я работала, да. Была моя смена.

— А к вам подруга моя не приходила? Ее зовут Настя, и она такая красивая, высокая! С длинными волосами.

Яночка насупилась.

— Это... ваша подруга?

— Ну, не совсем подруга, — заюлила

Лёка, сообразив, что дело, должно быть, нечисто. Должно быть, неприспособленная и тут наскандалила, — просто мы вместе работаем, и она где-то позабыла документы, а мы теперь их найти не можем!

— У нас она ничего не оставляла.

— Но вы ее помните, да?

Тут Яночка вынырнула у Платона из-за плеча и посмотрела на Лёку настороженно:

— Помню, конечно. Такое не скоро забудешь.

— А что-то случилось?

Яночка пожала плечами.

— Ничего не случилась, но ваша... коллега довольно требовательный клиент.

— Это что означает? — спросил ужасный человек Платон Легран. — Она швырнула в вас ванночку для ногтей?

— До этого не дошло, но...

— Яночка, — сказал Платон, — говорите как есть! Нам вот, ей-богу, никакого дела нету до этой дуры...

— Платон!

— ...нам бы понять, где бумаги, и дело с концом. Мы вас не выдадим.

— Понимаете, у нас не принято обсуждать клиентов, за это могут наказать.

— Что нам ее обсуждать! Не будем мы

ее обсуждать. Вы расскажите, что было, и точка.

— Она очень спешила, — выговорила Яночка неохотно, опять посмотрела на Лёку и перевела взгляд на пальцы Платона. — А это всегда трудно. Когда клиент спешит, а процедура все-таки занимает какое-то время! Она не хотела ждать, а ноготь же должен приклеиться как следует, иначе это и вовсе никакого смысла не имеет.

— Как?! — поразился Платон. — Ногти приклеивают?!

Тут Яночка засмеялась, и Лёка следом за ней.

— Не только ногти! Еще ресницы, волосы, да что только не приклеивают!

— Позвольте, а как жить с приклеенными ногтями?

Яночка развела руками.

— Многим нравится. Да это нестрашно, это просто такие силиконовые пластинки, они очень прочные, и лак на них хорошо держится.

— А... как отличить приклеенные от настоящих?

— А вам зачем?

— Ну как же?! Женщина с приклеенными ногтями — это...

— Платон!!

— Но чтобы ноготь приклеился, нужно время, — заспешила Яночка, — и, самое главное, поверхность надо подготовить, ногтевую пластину сточить...

— Так, — перебил ужасный человек, — пожалуйста, без подробностей. Или я упаду в обморок.

— Поду-умаешь, какой нежный! — возмутилась Лёка.

— А она все время меня торопила и сердилась, а когда клиент так себя ведет, как назло, ничего не получается. Ну, она немного...

— Переколотила немного посуды? Разбила немного зеркал?

— Она немного вышла из себя. Ну, и все.

«Ничего себе, неприспособленная, — подумала Лёка. — Артем уверяет, что она мухи не обидит, или как там говорится?..»

Все вранье?..

Яночка в последний раз взмахнула пилкой и промокнула салфеткой пальцы Платона.

— Ну, вот и все. А вы боялись!

Далеко отставив руку, Платон полюбовался на свои ногти. Лёка видела, что он хочет что-то такое сказать, в духе «поручика Ржевского», и опередила его:

— Яночка, а вы не помните, она одна приходила или с ней кто-то был?

— Был, — небрежно сказала девушка. — Конечно, был. И тоже... шумел. Он даже жалобную книгу потребовал и написал на меня жалобу. Вы знаете, — тут она прижала к груди худенькие руки, как будто хотела принести клятву, — я столько лет работаю в этом салоне, и никогда в жизни на меня никто не писал никаких жалоб! Верите?

— Ну, конечно!

— И вдруг написали! Да еще такую... огромную, на несколько страниц. Я, конечно, стараюсь не переживать, но клиентов так мало, у нас персонал сократили почти вдвое, а тут жалоба! А я старалась. Но я правда не могу заставить силикон сохнуть быстрее!

— Яночка, — заявил Платон, поднимаясь. Лёка потянулась за ним. — Скажу вам, как физик физику, — никто не может заставить силикон сохнуть быстрее, ибо это химический процесс. Он как идет, так и идет и по-другому идти не может. И пес с ней, с жалобой! Я вам сейчас благодарность напишу, еще длиннее, чем жалоба, и выйдет баш на баш.

— Правда?

— Пошли, — сказал Платон Легран

решительно. — Где тут у вас жалобная книга?

Пока метались в поисках книги — девушка за конторкой при упоминании этой самой книги заметно взволновалась, — пока, поняв в чем дело, улыбались умиротворенно, пока предлагали кофе и выискивали место поудобнее, Лёка спросила у Платона:

— Ты думаешь, там может быть телефон?..

— Заодно и посмотрим.

Принесли книгу — серые страницы в скверном переплете, сурово пронумерованные и как будто оприходованные. Жалоб, равно как и благодарностей, там было маловато. Исписано всего страниц шесть.

— Как это делается, я не знаю? — спросил Платон.

— Вот здесь ставите дату, пишете свою фамилию, имя и отчество. Вот здесь адрес и телефон.

— А у меня адрес в Москве.

— Это неважно. Надо указать обязательно, потому что без фамилии и координат никак нельзя, тогда получается анонимка. И просто пишете то, что хотите.

Платон перелистал тонкие странички.

— Да уж. Мне столько не осилить.

Жалоба и впрямь была длинной.

Яночка улыбалась смущенно, девушка-администратор все хлопотала, а Лёка невыносимо гордилась Платоном, позабыв о том, что прошлого не воротишь, дважды в одну реку не войдешь, и вообще — не стой под стрелой.

Он все сообразил и все придумал, он еще и Яночке хочет помочь, и в этом он весь — великодушный, умный, ироничный, странный.

Как это она, Лёка, его... упустила? На кого променяла?

Сестрица Ника утверждала, что Лёка играет в людей, как в куклы. Что ей проще и понятней, когда все главные роли исполняет она сама, на разные лады меняя голос и давая реплики то за одного, то за другого персонажа.

Ника утверждала, что это хорошее качество для сочинения детективов, а для жизни — не годится.

Ника утверждала, что «давать реплики» за Платона у нее не получилось, и Лёка выбрала более легкий и понятный путь. Она придумала себе Артема, и их большую любовь, и их понимание, и интерес друг к другу. А интереса-то никакого нет.

Какой может быть интерес, когда он

все время занят то бывшей женой, то бывшей — настоящей! — дочерью, то вдумчивым выбором пиджака для корпоративной вечеринки?

Ника утверждала, что, как только закончатся или наскучат вечеринки и пиджак станет не актуален, Лёке будет значительно сложнее придумывать «сюжеты». Просто потому, что их тоже нет, как и интереса!..

— Не сопи мне в ухо, — попросил Платон Легран. — Мне надо сосредоточиться.

Из внутреннего кармана пиджака он достал ручку, отвергнув предложенную Яночкой, и стал быстро и коряво писать. Почерк у него был такой, что Лёка поначалу думала, что он малограмотный.

Это еще когда не знала, что он доктор и профессор.

Он писал долго, не отрываясь и не отвлекаясь, а Лёка все сидела, понурившись и уже без всякой радости рассматривая свои новые хипповые джинсы, голубые и вытертые на коленях.

...А точно нельзя дважды войти в одну реку?..

...А точно-преточно сделанного не воротишь?

Он дописал, закрыл гадкую книгу, подал Лёке шубейку, и они вышли на улицу, под снег, сопровождаемые поклонами и приглашениями заходить еще.

— Ты чего такая мрачная, Лёка?
— Там не было телефона, да?
— Почему не было? Был.
— Как?! И ты его не записал?!
— Нет.

Она остановилась, и он остановился тоже.

Снег летел, попадал ему в очки, и он раздосадованно снял их и сунул в карман.

— Послушай меня!..
— Надо вернуться и записать телефон!
— Лёка, послушай. Тебя правда ничего, кроме этого дурацкого расследования, не интересует?
— А что меня должно интересовать?! — крикнула она с раздражением, и какая-то питерская старушка, ковылявшая мимо, посмотрела на нее с неодобрением. — Ты мне помогаешь, и спасибо тебе большое! Что еще?!
— Да все!
— Что — все?!
— Вот, например, что сегодня третий четверг ноября. Молодое божоле. Снег пошел. Ты меня пригласила в ресторан... просто так? Потому что я тебе помогаю?

Лёка молчала.

— Мы поужинаем и разойдемся по номерам? Я в свой люкс на шестом этаже, а ты к начальнику физкультурного техникума?!

— Он начальник службы безопасности.

— И больше ничего и никогда не будет?

— Чего не будет, Платон?..

— А, черт возьми!..

Он схватил ее в охапку, потряс немного и посмотрел, как ей показалось, с отвращением и поставил на место.

Она все ждала — поцелуя, конечно, — и не дождалась.

Сговорились они!..

С утра она получила один поцелуй, то ли в ухо, то ли в щеку, после бессонной одинокой ночи с видом на Исаакиевский собор!

Этот тоже меня не хочет? У *того* бывшая жена пропала, он не в себе, а у *этого* что?

Танцовщица в своей юбочке из голубого газа с блестками все кружилась на одной ноге посреди зеркального озера, а стойкий оловянный солдатик вообще куда-то подевался, и был только один способ проверить, превратилась она окончательно в плоскую выцветшую картонку или нет.

Лёка вздохнула, взяла его за дубленку, сильно притянула к себе, он переступил ногами, чтобы не упасть, и поцеловала в губы.

С оловянным солдатиком такие штуки никогда не проходили. Он соглашался довольно равнодушно и исполнял свой долг до конца — нет, нет, исключительно в смысле внезапных поцелуев! — и даже несколько старался в этом направлении, но как только Лёка переставала настаивать, обо всем забывал и продолжал заниматься своими делами.

Платон Легран, когда Лёка его поцеловала, охнул от удивления, и очень близко она увидела его веселые, изумленные глаза, и он моментально перехватил у нее инициативу, и как-то так получилось, что она прижимается к нему все теснее и теснее, как будто собирается влезть к нему в самое нутро, в душу, если душа находится именно там, где Лёка себе представляла.

Чуть выше сердца, чуть ниже губ, которые она совсем позабыла.

Ты не умеешь целоваться всерьез, говорил он ей когда-то, цитируя то ли стихи, то ли песенку. Лёка ее никогда не слышала.

Кажется, сейчас она целовалась абсолютно всерьез, посреди Большой Морской, под снегом, в третий четверг ноября.

— Ну что?

— Я тебя боюсь, — пожаловалась Лёка. — Я тебя всегда боялась!

— Неправда. Ты никогда меня не боялась. Это ты такое оправдание придумала.

— Мне не в чем перед тобой оправдываться, Платон.

— Е-есть, — протянул он, глядя на ее губы. — Пожалуй, ты теперь будешь оправдываться всю оставшуюся жизнь. За то, что бросила меня так надолго!..

И поцеловал ее.

И это на самом деле получилось всерьез, без всяких «кажется», без Большой Морской и снега.

Ничего романтического. Только сила и страсть, о которых она совершенно позабыла за то время, что была танцовщицей в газовой юбочке с блестками и кружилась, стоя на одной ножке посреди зеркального озера!..

— Не смей больше меня бросать, — сказал он совершенно серьезно, когда им все же пришлось приостановиться на минутку.

— А вдруг как-нибудь само получится? — пискнула Лёка.

— Не получится.

— Постыдились бы, — сказал совсем рядом разгневанный бас, и высунулось розовое, мокрое от снега лицо. — Добро бы подростки, а то ведь взрослые люди и так себя ведут!..

Они оглянулись с изумлением.

Лицо смотрело на них осуждающе и было полным, щекастым и довольно молодым.

— Я давно наблюдаю, — продолжило лицо и потрясло в воздухе полиэтиленовым пакетом, — все думаю, долго это будет продолжаться?! А они все целуются и целуются! Тьфу!

— Шли бы вы по своим делам, — посоветовал Платон душевно. — Не смотрели бы.

— Да как же не смотреть, когда на каждом углу такое аморальное поведение демонстрируется, что сил нету никаких, а в телевизоре вообще одну порнографию гонят день и ночь и еще песни поют двусмысленного содержания, а потом молодежь разлагается...

Платон взял Лёку под руку, и они пошли под снегом в сторону Невского. Лицо продолжало разоряться им вслед.

Говорить не хотелось.

Хотелось молчать, думать и мечтать о том, как все будет вечером. Когда-то она каждый день мечтала о том, как все будет вечером.

С тех пор прошло триста лет.

Платон пальцем поглаживал ее ладонь, и время от времени она прихватывала его палец, а потом отпускала. У них была такая игра.

— Человека, приехавшего с твоей пропавшей, зовут Юрий Мсфодин. Адрес: Третья Советская, дом семь. Это в районе площади Восстания, если я не ошибаюсь. Телефон два, семь, один, восемь, два, восемь... — Лёка смотрела на него во все глаза. Даже палец выпустила, — два. Так что мы можем ему позвонить и спросить, куда он подевал эту, как ее, Анастасию?

Лёка кивнула.

— Или можем сдать его в милицию, как потенциального похитителя, но это, по-моему, бред. Если он ее в салон завозил да еще торчал там, пока она свой силиконовый ноготь приделывала, значит, вряд ли он ее собирался сразу после ногтя прикончить.

— Платон!

— Давай перейдем дорогу, — предложил он. — Выйдем на набережную, там, наверное, сейчас красиво.

— Ты запомнил адрес и телефон?!

Он посмотрел на нее сверху и сунул ей свою руку, чтобы она опять погладила. Лёка растерянно погладила.

— А чего там запоминать? На Третьей Советской пирожковая была, мы туда на трамвае ездили, когда я в школе учился. Я же в Питере жил! А два, семь, один, восемь, два, восемь, два — это экспонента от единицы, то есть что?..

— Что? — повторила Лёка.

— То есть основание натурального логарифма. Никаких чудес.

— Платон, как ты думаешь, может, мне позвонить? Или пусть лучше... ее бывший муж звонит?

— Сейчас я позвоню. По крайней мере, все станет ясно.

И он позвонил, и все стало ясно!..

— Здрасте, — сказал в трубку Платон Легран, — меня зовут Андрей Владимирович, я начальник Анастасии. Позовите ее к телефону, пожалуйста.

И подмигнул Лёке. Лёка загримасничала, всем своим видом выражая нетерпение и любопытство, и он махнул на нее рукой.

Анастасия долго не подходила, очевидно, на том конце совещались, что же теперь делать. Платон, соскучившись ждать, поцеловал Лёку в губы, в ухо, а потом опять в губы. Потом вдруг оторвался от нее и нажал на своем аппарате кнопку громкоговорителя.

— Алло?.. Андрей Владимирович, как вы меня нашли?

— Документики бы надо по адресу доставить, — сказал Платон. — Куда ж вы запропали вместе с документиками-то?

— Документики? — переспросила из трубки бывшая жена Артема. — Я и забыла про них!

— Молодец, — похвалил Платон.

— Андрей Владимирович, вас плохо слышно!

— Ничего, нормально! — приблизив аппарат к губам, прокричал Платон. — Вы их сами по адресу отвезете или прислать кого?!

— Нет, нет, я сама! — тоже закричали из трубки. — Я сейчас же отвезу, Андрей Владимирович! Просто у меня тут так получилось... Короче говоря... у меня подруга серьезно заболела, и я два дня... за ней ухаживала...

— Подруга Юрий заболела? — удивился Платон. — А говорят, была здорова!

— Андрей Владимирович, — простонали из трубки, — простите меня, простите! Ну, так получилось! Вы меня уволите, да?!

Платон молчал. Он не знал, уволит

теперь Андрей Владимирович Анастасию или нет.

— Андрей Владимирович, я не хотела! Просто мы с Юрой... мы так редко видимся!.. Он в море ходит, и мы встречаемся, только когда он на берегу! Я приехала, он мне позвонил, и я, конечно... Андрей Владимирович, простите меня, простите!.. Я знаю, что виновата, но мы правда очень редко видимся!.. Мы еще со школы встречаемся!

— Позвольте, у вас же муж! — сказал Платон, и Лёка посмотрела на него печально.

— Бывший, бывший!!! — закричали из трубки отчаянно. — Я с ним давно развелась, Андрей Владимирович, а с Юрой мы правда со школы друг друга любим! Мы раньше еще реже встречались, потому что у меня муж был, а у Юры жена, а теперь, когда он развелся и я развелась... И я приехала, и он в этот же день вернулся, такое совпадение! Вы меня простите. А документы я немедленно, немедленно отвезу!

— Хорошо, что мы в милицию не заявили, — сказал Платон. — И телефончик включите, уважаемая. Страсть страстью, но у вас дети, родители, бывший муж, работа! Как можно?.. Вы бы сначала документы отвезли, а потом уже того... страсти предавались.

— Андрей Владимирович!

— До свидания, — попрощался Платон.

В молчании они дошли до набережной, остановились у заметенного парапета и стали смотреть в темную, злую, взъерошенную воду.

Лёка слепила снежок и неловко бросила его в Мойку. Снежок полетел, шлепнулся и стал быстро наполняться темной водой.

— Ни до кого ей дела нет, — сказала Лёка задумчиво. — Ни до начальства, ни до родителей, ни до бывшего мужа. Кавалер нарисовался, и — готово дело! Нет ее.

— Ну да.

— А легенда такая, что она слабая, не приспособленная к жизни, нежная и трепетная. Абсолютно волшебное существо.

— Ну, в общем, что-то в этом есть. Так в нормальной жизни никто не делает, я имею в виду нормальных людей. Только волшебные, должно быть.

— Платон, — вдруг сказала Лёка, рассматривая темную воду. Ее снежок давно унесло, наверное, в Балтийское море. — Я хочу в Москву. Прямо сейчас.

Он посмотрел на нее. Помолчал и надел очки.

— Вот так... сразу? Ни мяса, ни белой

скатерти, ни молодого божоле? Все отменяется?

— Я хочу в Москву, — повторила Лёка упрямо. — Твой люкс на шестом этаже — это прекрасно, но он слишком близко...

— Да, я понял. К тренеру по дзюдо.

Лёка хотела было завопить, что Артем не тренер, но потом передумала.

— Тогда давай быстрей смываться, — предложил Платон задумчиво. — Пока он не явился к очагу, усталый, но довольный.

— Я ему позвоню, — Лёка взяла Платона за руку и поцеловала в ладонь. — А то его инфаркт хватит. Сначала бывшая жена пропала...

— Уже нашлась!

— Все равно позвоню, — решила Лёка. — Как ты думаешь, нам удастся поменять билеты?

— Наверняка. Самолеты летают каждый час.

— Тогда в Москве мы успеем купить вина и мяса, — сказала Лёка. — Здоровый кусок мяса и ящик молодого божоле. Сегодня третий четверг ноября все-таки. А завтра проспим работу! Боже мой, как давно я не просыпала работу!..

Тверская, 8

ПОВЕСТЬ

1

«У вас есть братья Карамазовы?»

«Достоевский в отделе русской классики, пойдемте, я покажу».

«Да не нужен мне Достоевский, девушка! Мне нужны братья Карамазовы, ну... то есть их произведения! Что это вы в книжном работаете, а не знаете, ей-богу! Они фантастику писали!»

«Я поняла. Вам нужны Стругацкие, а не Карамазовы. Братья Стругацкие».

«Да какая разница!»

     Диалог в книжном магазине «Москва».

Утро началось не слишком хорошо.

Она приставала, а он все отворачивался. И договориться никак не получалось. Уж и времени почти не осталось, уезжать давно пора, а дело все ни с места.

— Ну, ладно, ну, что ты сердишься?! Я каждый день уезжаю, мне на работу обязательно нужно! Ты же знаешь!

Сопение, и больше ничего.

— Да ладно тебе! Чем дольше мы тут с тобой будем разбираться, тем позже я приеду, ты это хоть понимаешь?! Я бы давно уже уехала, и приехала бы пораньше, и мы бы с тобой гулять пошли. В поле. Вчера в поле не получилось, потому что дождь шел, а сегодня точно мы пойдем, я тебе обещаю!

Сопение и некоторое движение спиной, по крайней мере, видно, что слушает, — уже прогресс.

— Ну, давай скорей мириться, и я поеду.

1991 год

— Девчонки, танки!..
— Какие танки, что ты врешь!
— Да говорю тебе, танки на улице Горького! Прямо у нас под окнами! Не веришь, выйди и глянь сама!

Вмиг всех, кто курил на лестнице, где всегда почему-то был сквозняк, будто сдуло этим самым сквозняком, только каблуки зацокали по истертой каменной лестнице.

«Девчонки», от восемнадцати до пятидесяти пяти, сосредоточенно и перепуганно переглядываясь, устремились вниз.

Что такое? Неужели все-таки... Нет, про это и думать как-то страшно. Но неужели все-таки... переворот? Это значит... что? Это значит — гражданская война, что ли?! Вот тут, у нас, в Москве танки?!

В огромном торговом зале было пустовато — время смутное, не до книг, хотя именно в этом магазине всегда с утра до ночи толпился народ, с самого пятьдесят восьмого года, когда накануне праздника Великой Октябрьской социалистической революции «москвичам и гостям столицы был преподнесен подарок».

Пятого ноября пятьдесят восьмого года открылся книжный магазин «Москва».

Тогда любили приурочивать все на свете то ко дню рождения вождя мирового пролетариата, то к очередной годовщине Октября, когда этот самый вождь, хитренько улыбаясь — именно таким хитреньким и добродушным балагуром его почему-то изображали в кино, — взял, да и поставил на дыбы огромную империю. Империя на дыбы поднималась с трудом, оглядывалась, огрызалась, закусывала удила, косила налитым кровью глазом, с трудом дышала — этот, хитренько улыбавшийся, ничего не боялся и знай себе подстегивал, натравливал, интриговал, взывал, писал памфлеты, указывал пути развития, формулировал апрельские тезисы, то и дело ссылаясь на некоего Маркса с его теорией прибавочной стоимости. До Маркса, да и до прибавочной стоимости, империи с ее миллионами серых шинелей, крестьянами, куполами, Троицыным днем и дворянскими усадьбами не было никакого дела. Империя на дыбы поднималась тяжко, как будто предчувствовала страшное, почти невыносимое испытание, уже смутно рисовавшееся впереди в заревах пожаров гражданской войны, в грохоте расстрельных залпов, в стонах свергаемых колоколов, в воплях детей и женщин.

Говорят, сам вождь, поначалу ничего не боявшийся и бодро призывавший захватить «почту, телефон и телеграф», замириться с немцами, удержать власть любой ценой, расшевелить, разбудить, расшатать устои, в тот момент, когда империя все же поднялась на дыбы, перепугался, да так, что решил было отыграть назад, да ничего не вышло, слишком поздно он спохватился!.. И ничего он не смог ни изменить, ни поправить и умер, говорят, в страшных мучениях, как и положено умирать злодеям, и вот теперь, спустя семь десятилетий, до чего дошло — до танков на московских улицах!..

Первой по лестнице скатилась товаровед Нина Иванушкина, навалилась на дверь, дергая кольцо кодового замка, который всегда почему-то заедало, и выскочила в торговый зал. Электричество горело тускло, и в помещении оказалось сумрачно, несмотря на то, что лето и середина дня. В магазине было странно тихо, и Нина прежде всего тренированным ухом расслышала эту тишину — никогда в торговом зале в середине дня не бывает тихо, если только магазин не закрыт!..

Непривычная тишина была только внутри, а снаружи, наоборот, доносился странный гул, как будто поезд метро, набирая скорость, мчался на станцию «Пушкинская» не под землей, а прямо по улице!

— Ну что там?

Нина оглянулась. Желтая канцелярская дверь с кодовым замком, ведущая в святая святых магазина, в подсобные и складские помещения, — а там материальные ценности, между прочим! — была распахнута настежь. Елена Семеновна, Клара Францевна, Лиза, Ирина Федоровна из бухгалтерии, выскочившие следом за ней, толпились на пятачке между прилавками, вытягивали шеи, как гусыни.

Марины среди них не было.

Нина оглянулась еще раз, чтобы удостовериться. Удостоверилась, что нет, и стала смотреть на улицу.

Покупатели тоже вытягивали шеи и медленно, как в кино, закрывали книги, которые листали, клали их на прилавки и шли к окнам — громадным полукруглым окнам-витринам, в которых к первому сентября обязательно вывешивали сделанные из картона и раскрашенные гуашью кленовые листья, а на Новый год расклеивали гигантские снежинки — очень красиво.

За полукруглыми окнами-витринами прямо по самой середине улицы, переименованной опять в Тверскую в прошлом году, деловито, страшно и шустро ползли танки.

Пятьдесят лет назад все газеты писали: «Сегодня гостеприимно распахнул свои двери новый книжный магазин на улице Горького. Символично, что дом книги получил прописку на улице, названной в честь великого пролетарского писателя. Огромные отделы, большие светлые залы, широкие прилавки — все к услугам москвичей и гостей столицы. Первыми пришли поздравить новый дом книги столичные пионеры и школьники. Специально для них здесь открыт большой отдел детской литературы. Радуют глаз многочисленные корешки книг с именами любимых писателей — Горький, Островский, Гладков, Кочетов. Специально для гостей из братских социалистических стран есть книги классиков марксизма-ленинизма на болгарском, чешском, польском, венгерском языках».

А сегодня по улицам мимо магазина пошли танки — свои, и это самое страшное!

— Господи Иисусе, — пробормотала за спиной у Нины старенькая Клара Францевна, — это что же такое будет, а? Война, что ли!

— Какая война, типун вам на язык!

— А у меня мальчишка один дома, как бы его не понесло куда-нибудь. Надо ехать. Девочки, как вы думаете, поезда еще ходят?

— Какие поезда?..

— Метро, какие же еще!

— Да туда сейчас и не пройдешь небось, к метро-то! Я с утра шла, там вовсю митинговали, а сейчас, наверное...

— Он ведь у меня такой, он ведь родину пойдет защищать! Нет, мне надо ехать, прямо сейчас.

— От кого защищать-то?

— Что?

— От кого родину защищать? Тут поди разберись, где свои, где чужие, от кого защищать, а кого...

— Что тут происходит?

Нина оглянулась и увидела директрису. Она стояла в некотором отдалении, и вид у нее был не слишком приветливый.

— Марина! Марина Николавна, танки!

— Я вижу. Почему дверь в подсобное помещение открыта, девушки? Танки танками, а материальные ценности никто не отменял. Во время инвентаризации недосчитаемся чего-нибудь, скажем — не доглядели, потому что на танки любовались?!.

Ирина Федоровна из бухгалтерии пожала плечами и с мстительным видом захлопнула желтую канцелярскую дверь.

Марина, назначенная директором без году неделя, никому не нравилась и всех раздражала.

— Марина Николаевна, как вы думаете, война будет?

Тут повернулись все разом — и сотрудники, и покупатели — и уставились ей в лицо, как будто она знала нечто такое, чего не знает никто, и немедленно должна произнести речь, хотя того самого броневика, немало дел натворившего в истории, в торговом зале не наблюдалось!..

— Никакой войны не будет, — отчеканила Марина как ни в чем не бывало. — Ситуация в стране сложная, все об этом знают. Очевидно, танки вызвали, чтобы поддерживать порядок.

— А на Пушкинской сегодня с утра митинговали, не пройти было, — жалобно шмыгнув носом, сказала та самая сотрудница, у которой мальчишка был один дома. — А сейчас... что же? А если стрелять начнут?

— Не начнут, — так же уверенно сказала Марина, которая понятия не имела, начнут танки стрелять или нет.

— Мне домой надо, а поезда, может, уже не ходят...

— Если ваш дом не за Кремлевской стеной, вы прекрасно доедете, — уверила ее Марина.

— Как за стеной?.. Почему за Кремлевской?

— Потому что танки идут вниз, к Кремлю.

Все посмотрели — и вправду вниз.

— Марина Николавна, можно мне домой, а? У меня сын...

— Ни за что не отпустит, — шепнула Ирина Федоровна из бухгалтерии Нине Иванушкиной. — Что ей там какой-то сын! Ей главное план выполнить!.. Хоть тут революция, хоть боевые действия, хоть дети плачут!..

— Езжайте, — громко сказала директриса. — Всех остальных прошу не паниковать и не пугать наших покупателей. Что вам показать? — внезапно изменив тон, обратилась она к тишайшему старичку в длинном летнем пальто. Старичок давно порывался о чем-то спросить продавца и как будто не решался.

— «Историю государства Российского» Карамзина. У вас есть, деточка?

«Деточка» Марина уверенной рукой взяла старика под локоток и повлекла к дальнему прилавку.

— Все меняется, — бормотал себе под нос старичок, — все меняется, и только люди во все времена остаются одинаковыми! Люди, их стремления и амбиции. Вы не находите, деточка?

— Да-да, — рассеянно подтвердила Марина, прислушиваясь к гулу за окнами.

Чего-чего, а танков никто не ожидал. Может, и впрямь нужно спасаться? Распускать сотрудников, бежать по домам?.. Забаррикадировать окна и двери сваленными в кучу стульями и столами?.. Забить витрины фанерными щитами, как в войну?

И самое главное — что дальше? Как узнать?

Все получилось слишком быстро —

Горбачев улетел в Форос, газеты писали нечто невразумительное, но тревожное, и с каждым днем это тревожное все нарастало, и каждый день казалось, что «вот-вот начнется», а что именно начнется, никто не знал. В воздухе, как будто перегретом истерическими выкриками газетных и телевизионных журналистов, носилось предчувствие чего-то страшного, непоправимого, но тем не менее необходимого, без чего дальнейшая жизнь уж точно невозможна.

Так жить нельзя, повторяли все, а как можно и должно — никто не знал.

В магазинах не было еды.

На заправках висели объявления «Бензина нет *совсем*», потому что растерянные мужики, просительно нагибаясь к окошечкам и услыхав, что «бензина нет», неизменно спрашивали: «Совсем?!»

В программе «Время» объявили, что в Московской области хлеба осталось на три дня, а в Ленинградской на два.

Окраины империи полыхали, и было совершенно очевидно, что вот-вот прорвется именно там, где тонко, что деловитый националистический огонь не сегодня завтра пережжет спайку, сделанную тем самым балагуром-вождем семь десятилетий назад. «Пятнадцать братских республик» в один день перестанут быть братскими, благополучный фасад треснет, и едкий отвратительный дым, именуемый «национальная рознь», повалит из всех трещин. Бывшие братья — впрочем, республики именовались и так, и сяк, и «сестрами» и «братьями», — начнут воевать друг с другом за все, что угодно: за кусок границы, через которую идут грузы, за газопровод, за ближайшую сопку — вдруг там золото или нефть?!

Все удельные князья, даже самые далекие и бедные, вдруг почувствовали себя императорами. Вдруг оказалось, что они «угнетенные», а «угнетатель» в одночасье ослаб, ткни и развалится!.. Может, до конца и не развалится, но дырка точно будет. И оказалось, что тыкать можно, что за это никто не накажет, не даст по рукам, гигант едва держится на ногах, а из дырок хлещет кровь, и тело его, еще недавно казавшееся прочным, как чугунный монолит, с каждым днем все слабеет и все больше напоминает решето!..

Повсюду были угрюмые лица, горящие глаза, и все говорили — не только на кухнях и на работе, но и на митингах — только об одном: что дальше?

Никто не знал.

Голод? Революция? Гражданская война?

Митинги в последнее время стали таким же привычным и обыденным делом, как и очереди. Только на митинги бегали с гораздо большим энтузиазмом и рвением. Они проходили повсюду: на площадях, возле станций метро, в скверах и парках. Впрочем, очереди тоже напоминали митинги. Там волновались, шумели, выкрикивали лозунги, один нелепее другого. Деньги и в карманах, и в бюджете таяли, как сахар в чашке с чаем.

Книжный магазин «Москва», смотревший огромными окнами-витринами на улицу Горького, казался осколком «старого мира» — там все так же светили лампы дневного света, казавшиеся когда-то последним достижением дизайна, все так же поблескивали полированные темные прилавки, все так же было набрано золотыми буквами «Общественно-политический отдел», все так же пахло книжной пылью и слежавшейся бумагой. Даже синеватое, как прокисшее молоко, пятно на потолке, которое получилось, когда торговый зал залило кипятком из прорвавшейся трубы, казалось успокоительным и каким-то... своим.

Читателей, правда, стало маловато. Время такое, не до книг. Впрочем, и книг-то никаких не было. То, что читали раньше, во времена застоя, казалось до невозможности глупым и каким-то «нежизненным», и было даже стыдно немного, что еще недавно пьеса про то, как на заводе делят премиальные, считалась верхом фрондерства и гражданского мужества.

Коричневый томик Булгакова, тиснутый в Минске на заре перестройки, разлетелся за считаные часы. В томике было всего два произведения — «Мастер и Маргарита» и «Белая гвардия», — и ошалевшие от счастья читатели хватали книгу, как хлеб. И, как в очереди за хлебом, пришлось установить порядок, давали по одной в руки. И все равно торговали только полдня, и книги кончились.

В издательствах не понимали, что происходит. Вроде бы все нынче должны работать «по-новому», а как именно, никто не знал.

Система рухнула. «Москнига», альфа и омега книжной торговли, огромная и всесильная организация, оказалась не у дел, и люди, годами учившиеся, как продавать книги, вдруг почувствовали себя ненужными и растерянными.

Никто никому ничего не мог объяснить.

Что значит работать «по-новому»? Печатать и продавать то, что на самом деле нужно и интересно народу, и это вовсе не книги пролетарского писателя Горького на языке братского болгарского народа?! Но поверить в то, что *на самом деле можно все*, до конца еще никто не мог.

Что, и Довлатова можно?! И Веничку Ерофеева?! А Шаламова?! Шаламова-то уж наверняка нельзя!.. И Аксенова нельзя, он в Биаррице живет!

Самое ужасное, что и спросить-то было не у кого!.. Идеологический отдел КПСС находился в коме, а сама идеология вроде как умерла совсем, и только грозный призрак ее нависал над издательствами, совершенно потерявшимися в пыльных облаках исторического слома.

«Иностранка» попробовала напечатать Борхеса отдельной книжечкой, на сером газетном срыве, и прошло!.. Ну, тогда — господи, твоя воля, — Кастанеду, и тоже прошло!.. Тут выяснилось, что иностранцев нужно переводить, многих заново, ибо права на переводы принадлежат государству, а государство в одночасье стало ни при чем, и дело застопорилось.

Издательство «Новости», состоявшее

при АПН, зажмурившись и гикнув «была — не была!» — выпустило Дика Френсиса, который раньше выходил только в правильно подобранных сборниках — сто пятьдесят страниц детектива румынского, сто пятьдесят страниц детектива польского, а в середине семьдесят про жокеев, лошадей, загородные дома и пятичасовой чай. Притихнув и заложив уши, издатели долго ждали разгона, и когда его не последовало, расхрабрились и бабахнули Тома Клэнси с его историями о бравых ребятах — церэушниках и их победах над коммунистическими режимами то ли Лаоса, то ли Вьетнама. Тома Клэнси раскупили моментально, но продолжать в том же духе не получалось, потому что полиграфкомбинаты и типографии стояли — не было бумаги, краски, картона, и то, что вчера стоило сто рублей, сегодня продавалось уже за пятьсот, а завтра даже за тысячу!..

Книг почти не было, а те, что были, издатели норовили продать перекупщикам, лишь бы быстрее, лишь бы деньги не сожрала инфляция, какие уж тут книжные магазины!..

Страну шатало из стороны в сторону, как корабль во время шторма, и казалось, что вот-вот завалит окончательно, что вот этот крен она уж точно не переживет, захлебнется и пойдет ко дну, но медленно, с натугой и скрипом, она выравнивалась, только для того, чтобы завалиться на другой борт, с еще большим креном.

Всех колотило как в лихорадке, и только в книжном магазине «Москва» все так же горели лампы, сиял золотыми буквами «Общественно-политический отдел», и даже пятно на потолке казалось родным и привычным свидетельством прошлой «нормальной» жизни.

А магазин между тем тоже лихорадило, да еще как!..

Новая директриса, назначенная без году неделя, никому не нравилась — слишком молода, слишком требовательна, фамильярностей не терпит, не подступишься к ней!.. И хочет невозможного — чтобы план выполнялся, да еще в срок, а какой тут план, когда того и гляди все рухнет, покатится и не остановишь?! Деньги все считает — на западный манер, должно быть, — и понимать не хочет, что люди к этому непривычные, что все должно идти как заведено, что бухгалтер на любом предприятии если не первый человек, то уж точно второй, от него ох как много зависит!.. А новая директриса только требует как одержимая, а про бухгалтерию однажды выразилась неприлично!..

«Сонное царство», вот как она выразилась про бухгалтерию!

— Надо уходить, — внушали друг другу в курилке на лестнице «девочки» от двадцати пяти до пятидесяти восьми лет, и со страху курили короткими нервными затяжками, и все оглядывались на темный провал короткого коридорчика. Там, в глубине, было логово львицы — кабинет новой директрисы. Туда вызывали «на ковер», там формулировали какие-то небывалые задачи, и все требовали, требовали!..

Нет, девчонки, надо уходить, так больше продолжаться не может!..

Только вот куда уходить-то?! Все рушится, рушится, да и работали здесь, в магазине «Москва», годами и десятилетиями и до тонкостей знали тот книжный мир, который был «до», и даже представить себе страшно, каким он будет «после»!..

И вот сегодня танки пошли мимо их магазина, и неизвестно, пускают ли еще в метро, и телевизор, кажется, больше не работает, а это может означать только одно — все, конец света! А директриса первым делом, конечно же, про материальные ценности вспомнила и открытую настежь дверь в служебные помещения, и сама за чудным покупателем, не вовремя возжелавшим «Историю государства...», зачем-то взялась ухаживать, как будто ничего такого не происходит!..

— Света, — сказала директриса твердокаменным голосом, подводя старичка к прилавку, — Карамзин у нас точно должен быть. Покажите, пожалуйста.

Большеглазая, хрупкая и бледная Света как будто молилась, стиснув на груди худенькие ладошки. Когда подошла директриса, она, сделав над собой видимое усилие, оторвалась от танков за окном и прошептала с ужасом:

— Что будет? Что же это будет, Марина Николаевна?

— Все обойдется, — громко и уверенно сказала Марина. — Карамзина дайте, пожалуйста.

— Ка... Карамзина? — запнувшись, переспросила Света, словно первый раз в жизни услыхав такую диковинную фамилию. — Марина Николаевна, но... танки же!

— Танки — это не наше дело, — отрезала Марина. — По крайней мере, пока мы еще на работе. Наше дело как раз Карамзин. Света, вы меня слышите?

Новая директриса практически с первого дня запомнила всех многочисленных сотрудников по именам, даже грузчиков, даже уборщиц!.. Как ей это удалось, так и осталось загадкой. Старенькая и душевная Татьяна Викентьевна, чье место заняла молодая и твердокаменная Марина, все время путалась, хотя проработала в магазине без малого двадцать пять лет!..

— Карамзин, — повторила Света, как зомби. — Поняла.

И с тоской оглядела полки, словно не в силах вспомнить, где именно стоит этот самый неизвестно кому понадобившийся Карамзин.

— Да, деточка, — прошелестел старичок, обращаясь к Марине, — нелегко, нелегко, а что поделаешь? Никогда история государства Российского не была простой и приятной, и это надо понимать. Но ничего, ничего, и на этот раз обойдется, я уверен!

Марина, которая почти не слушала, бегло ему улыбнулась.

— Я вот с шестьдесят первого года живу здесь, и книжный этот, можно сказать, мой родной, и дети мои тут выросли, и буквари здесь покупали, и учебники, и по подписке Достоевского получали, все, все было!..

— Вы живете в этом доме?

— Да, деточка, я же и говорю! Жена давно умерла, дети... дети что же? У них свои дети уже взрослые, забот полно, не до стариков, и это понятно!

— Вот, — с тоской сказала продавщица и плюхнула на прилавок толстый томище. — Вот Карамзин! Марина Николаевна, что с нами будет, а?..

Марина оглянулась на сотрудников, которые так и не разошлись, только придвинулись ближе к окнам, за которыми все ползли и ползли танки, на немногочисленных покупателей и сказала очень решительно, на весь отдел:

— Магазин будет работать как обычно. Ничего ужасного не происходит, по крайней мере здесь, у нас. Всеобщая мобилизация пока не объявлена, насколько я знаю. — Она еще раз окинула взглядом отдел и добавила погромче: — Но от окон все же лучше отойти!

Сотрудники, как перепуганные мыши, проворно побежали по своим местам, а старичок, листавший Карамзина, аккуратно закрыл книгу и проговорил тихонько:

— Шуйский являлся одним истинно великодушным в мятежной столице...

Марина посмотрела вопросительно. Она думала, что нужно бы собрание быстренько провести и всех, у кого дети, отпустить по домам, а тех, кто паникует, успокоить или, наоборот, приструнить.

— Что вы сказали?

— А это как раз вот... из Карамзина. Вам ведь, пожалуй, потруднее, чем нам, деточка. Вы за людей отвечаете и за книжный! Наш любимый книжный... — любовным взглядом он обвел глазами полки, застеснялся, вытащил огромный белоснежный носовой платок и деликатно высморкался.

— Вы Карамзина будете брать? — спросила Света. — Тогда в кассу...

— Нет, нет, — спохватился старичок, — благодарю вас! Конечно, у меня есть «История государства Российского», и даже в разных изданиях!.. Вы... простите великодушно, я ведь просто так зашел. Привычное и постоянное всегда поддерживает, во всех жизненных коллизиях, а нынче без поддержки трудно.

Под вечер стало еще... труднее.

Нина и Лиза из отдела политической литературы бегали на Пушкинскую, но к метро было не пробраться, на площади шел митинг, волновалась многотысячная толпа, шумела угрожающе, и до «Известий» было не добраться, а именно там, в окнах, вывешивали самые свежие новости и можно было узнать, что происходит.

Танки стояли под окнами магазина, на броне сидели растерянные и в то же время любопытные мальчишки-танкисты, болтали ногами, и было непонятно, надо ли их бояться, этих мальчишек, или по-прежнему «Красная армия всех сильней» и они... свои.

Впрочем, где свои, где чужие, было не разобрать.

На собрании Марина объявила, что магазин не закроется.

Ирина Федоровна, главный бухгалтер, фыркнула и повела плечом, и следом за ней фыркнули и повели плечами все остальные сотрудницы бухгалтерии.

— А зачем это нужно? — громко спросила Ирина Федоровна. — Чтобы нас тут всех танками передавили?

Марина помолчала. Противостояние с бухгалтерией началось с первого дня ее работы в магазине и нынче только обострилось.

— Если мы сами не будем под танки кидаться, — сказала она неторопливо, — никто нас не передавит.

Впрочем, она все понимала. Такой уж понятливой уродилась.

Людям трудно принимать и понимать новое, каким бы оно ни было, особенно в этой стране, где с молоком матери всасывалось сознание того, что все перемены к худшему. Иначе и быть не может!..

Если денежная реформа, значит, все останутся нищими.

Если новая конституция, значит, отнимут все права.

Если новый уголовный кодекс, значит, опять начнут сажать.

Марина прекрасно помнила, как ее ленинградская бабушка, собирая отца-военного в очередную командировку, все приговаривала: «Ничего, Коленька, ничего, лишь бы не война!»

Войны боялись больше всего даже те, кто, как Марина, родился спустя десятилетия после ее окончания. По сравнению с войной все несчастья, все неудобства, вся подлость жизни казались сущей ерундой.

И вот танки за окнами. Это что ж такое? Все-таки война?!

Вирус истерии, носившийся в воздухе, отравлял всех — и бухгалтерию тоже! Все сопротивлялись неизвестно чему, просто потому, что сопротивлялись, всем казалось, что задуманные новым директором перемены — к худшему, что нужно спасаться самим и спасать старое и понятное, а не заводить ничего нового.

А Марина как раз собиралась «заводить»!..

— Мы будем работать, — твердо сказала Марина, — по крайней мере, пока есть такая возможность.

— А вы уверены, что такая возможность есть, Марина Николаевна? — язвительно спросила бухгалтерша, и все ее сотрудницы тут же скроили язвительные мины.

Марине, которая все замечала, стало смешно.

— Уверена.

Ни в чем она не была уверена, но знала совершенно точно — тот, кто стоит «у руля», не может быть растерянным и подавленным. Руль есть руль, это Марина усвоила еще со студенческих времен, когда лихо гоняла на «Яве». Мотоцикл у нее был старенький, заслуженный, и она его очень любила. Он научил ее простым правилам: всегда держаться за руль, всегда смотреть не только вперед, но и под колеса, никогда не снижать скорость — двухколесная машина держит равновесие только на скорости! — и сворачивать от препятствий куда угодно, только не на встречную полосу.

Выедешь на встречную, погибнешь. Собьют. А на своей мы еще посмотрим.

В данный момент Марина была на «своей полосе» — в своем магазине, среди своих сотрудников, среди своих книг!

Только беда в том, что здесь ее не считают своей!.. Она пришла извне, из всесильной «Москниги», она была просто «чиновник», а это слово было ненавистным всегда, еще со времен Николая Михайловича Карамзина!..

— Вот вы, Марина Николаевна, на себя такую ответственность берете, — продолжала боевая Ирина Федоровна, чувствуя молчаливую поддержку всей бухгалтерской братии, впрочем, там работали сплошь «сестры», — магазин не закрываете, а у нас наличность, между прочим!.. Что будет, если инкассация не приедет? Выручку в сейфе оставим?

— А велика ли выручка? — осведомилась Марина.

Ирина Федоровна немного увяла.

— Да какая бы она ни была, есть правила...

— Сколько?

Сумма оказалась смехотворной, как и предполагала Марина. В стране революция, не до книг!.. Все, работавшие в магазине, прекрасно знали, сколько выручали раньше, до всех событий, и теперь смотрели на директора обиженно, будто заранее готовясь к упрекам, что так мало наторговали.

Марина не сказала ни слова.

— А если сюда ворвутся, что мы будем делать? На охрану надежды никакой нет, это не охрана, а полтора инвалида!.. И стрелять нам не из чего.

— Нам не придется стрелять, — Марина обвела глазами растерянных женщин, — это книжный магазин, а не склад оружия. Зачем к нам врываться? Пока нет никаких особых распоряжений, мы будем работать, а там посмотрим.

Она с детства любила книжки. Это были ее главные сокровища, даже не куклы и не машинки, которые она тоже очень любила. Однажды в школу приехал фотограф из «Пионерской правды», и все долго бегали, суетились, выискивали подходящих детей и подходящие планы — шутка ли, главная детская газета страны!.. В конце концов, сфотографировали Марину — она читала что-то октябрятам из своей «звездочки». Так и осталась фотография, на которой она, маленькая, важная, в бантах и надетых по случаю прибытия фотографа белых колготках — дома был страшный скандал, она решительно отказывалась от бантов и колготок и ревела громко, басом, — читает толстую книгу с картинками!..

Она с детства любила книжки и была уверена, что там есть все, что нужно, и даже в эту минуту книжки ей помогли.

В конце концов, она точно знала — именно из книжки! — как поступил Черчилль, когда в Англии, измученной немецкими налетами, бомбежками и голодом, началась паника. Все ждали речи премьер-министра, готовились к ней, строили предположения — может быть, уже пора сдавать остров на милость победителей? Или, наоборот, премьер призовет всех сражаться до последней капли крови, и это будет означать, что враг вот-вот высадится в Лондоне? Или призовет потуже затянуть пояса, потому что еды с каждым днем становится все меньше, а изоляция все плотнее?

Черчилль не сделал ни того, ни другого, ни третьего.

Он произнес в парламенте речь, суть которой сводилась к тому, как именно должны блестеть пуговицы на мундирах королевских гвардейцев. Премьер подробно растолковал нации, уставшей, испуганной, замученной войной и ожиданием чего-то еще более страшного, свой взгляд на этот вопрос.

Нация, придя в себя от изумления, сообразила, что речь шла вовсе не о пуговицах.

Все не так страшно — вот что сказал премьер. Раз мы можем толковать про пуговицы, значит, жизнь еще не кончилась. Значит, несмотря на бомбежки, карточки и комендантский час, рано сдаваться! У нас еще есть время поговорить о пуговицах, а там посмотрим!

Говорят, даже Гитлер, тоже с нетерпением ожидавший речи британского премьера, прослушав про пуговицы, преисполнился к Черчиллю величайшим уважением.

Марина, хоть и не была Черчиллем, поступила точно так же.

— И вообще, — завершая собрание, сказала она, — нам предстоят большие перемены. У нас в потолке дыра, половина ламп не горит, а на складе, это все знают, стена в таком состоянии, что ее приходится доской подпирать, чтобы не упала. Впереди большой ремонт, и нужно подумать, как его провести без ущерба для магазина. Потому что закрываться на несколько месяцев мы не будем.

Сотрудники разом зашевелились, как в детской игре по команде «отомри». В слове «ремонт» было что-то привычное, знакомое, нестрашное — в общем, из той, прежней, нормальной жизни.

Ремонт хоть и хуже пожара, но точно лучше танков!..

— Какой ремонт? — заговорили все хором. — И как это, магазин не закрывать?

— А как же? Частями, что ли, делать?!

— Да тут никакой ремонт не поможет, дому сто лет в обед, проводка вся наружу висит, как еще пожара ни разу не было, удивительно!..

— А на складе не только стена, там подмокает с левой стороны! Может, и стена пошла, потому что труба сифонит!..

— У нас и сметы нет на ремонт, — выдала Ирина Федоровна громко. — А в обход, противозаконно я ничего делать не буду!..

— Никто ничего не будет делать противозаконно, — возразила Марина, на самом деле чувствуя себя Черчиллем.

Прием сработал безотказно. Все, кто еще пять минут назад собирался воевать и боялся танков, увлеченно обсуждали ремонт. Разумеется, идея никому не нравилась, разумеется, все были против, но так или иначе говорили... о будущем.

Приготовления к преждевременной героической кончине как-то сами собой были отложены.

Что и требовалось доказать.

Пока сотрудники шумели, выражая недоумение, неудовольствие и непонимание, Ирина Федоровна переглядывалась с Еленой Семеновной, и ничего хорошего Марине их переглядывания не сулили.

А впрочем, черт с ними!.. Все равно никто не заставит ее отступить.

Все августовские дни магазин действительно работал, и девочки от двадцати пяти до пятидесяти восьми лет каждый день исправно являлись на службу, и дежурили возле окон, и утешали немногочисленных растерянных покупателей, и грели в ведрах чай, потому что мальчишки-танкисты, все-таки оказавшиеся своими, очень хотели есть. Дать поесть им было нечего, а насчет чая директриса распорядилась, выдавали его без ограничений.

Революция в стране постепенно затихала, и никто не знал, когда именно она разгорится снова. Вроде бы демократия победила, и вроде бы «здоровые силы» взяли верх, хотя все еще не было до конца определено, и достигнутое равновесие казалось слишком шатким.

Как раз когда внешняя революция приостановилась, в магазине случилась революция внутренняя.

В конце августа вся бухгалтерия в полном составе подала заявления об уходе. Решительная Ирина Федоровна, ни в чем не согласная с директрисой и ее «новым подходом», принесла заявление первой, а за ней потянулись все остальные.

В темном коридорчике, за желтой полированной дверцей, Марина подписывала заявления одно за другим, никого не уговаривая.

Все понимали — это конец.

Завтра магазин «Москва» придется закрыть, по крайней мере, до тех пор, пока не удастся уговорить Ирину Федоровну вернуться обратно — и подсчитать балансы, и свести дебет с кредитом, и дописать отчеты, и выдать зарплату, и сдать выручку, и принять инкассаторов.

А может быть, даже придется закрыть магазин сегодня!..

Все понимали — такой огромный книжный не может ни дня существовать без грамотной и опытной бухгалтерии.

Значит, все-таки есть силы страшнее танков и революций. И называются они — бухгалтерия?!

2

«Где у вас отдел русского фольклора?»
«А какое именно произведение вам нужно?»
«Вот как раз фольклорное и нужно, девушка!»
«Но какое именно? Сказки? Былины?»
«Не-ет, не сказки и не были, а песня!»
«Какая... песня?!»
«Так, сейчас посмотрю. Мне нужно фольклорное произведение «Песня о вещем Олеге»! Есть у вас?»

Диалог в книжном магазине «Москва».

— Марина Николаевна, в час приедут из мэрии, привезут телевизионщиков.
— Зачем еще?

Помощница позволила себе улыбнуться.

— Они вчера звонили, довольно поздно, я не стала вам перезванивать. Сказали, что делают сюжет ко дню города, а у нас... у нас образцовый книжный магазин! Ну, они и приедут его снимать.
— В час?! У нас в это время всегда на-

роду много, как же они будут снимать? И так теснота страшная!

— Зато магазин образцовый! — Тут помощница засмеялась в голос. — Это они похвалили, а не я хвалюсь, Марина Николаевна!

— Хорошо, что не ты, Ритуля!

— А вечером и утром народу еще больше, так что лучше пусть днем придут.

— Хорошо, в час мэрия и телевизионщики, а дальше что?

— В три издательство «Слава».

— А кто приедет? Сам Слава Волин?

— Да, генеральный. Он не один, с ним еще человек из Совета Федерации. У них новая программа развития чтения в России, и они хотели бы ее с вами обсудить.

— Вот так с ходу — бах, и программа развития чтения в России?!

Помощница Рита выложила на стол перед Мариной две увесистые папки.

Марина покосилась на них с некоторым недоверием.

— В левой программа, которую разработали два года назад, но тогда она так и не пошла. А в правой новая, ее прислали от Волина. Я ее посмотрела, и мне показалось, что она совершенно не отличается от той, которую вы представляли в РКС.

Марина была еще и вице-президентом Российского книжного союза.

— Так, — сказала она и открыла папку. — Это уже интересно.

— Да, Марина Николаевна. В три приедут из Медведкова, Надежда Георгиевна звонила. У них какие-то вопросы. Говорят, без вас не могут решить.

В Медведкове был огромный филиал, книжный магазин, которым Марина очень гордилась.

— А по телефону не могут?

— И по телефону не могут, обязательно лично.

— Лично так лично. А потом?

Тут Рита опять засмеялась.

— Потом у вас обед. Примерно минут пятнадцать, если только Надежда Георгиевна не засидится.

— Да ну тебя, Рита, — сказала Марина и тоже засмеялась. Они работали вместе много лет, понимали и ценили друг друга. — Какой еще обед?!

— В пять встреча с писателем Анатолем Гроссом. Звонил его издатель, очень просил, чтобы вы его лично встретили, Марина Николаевна! Сказал, что будет сегодня в течение дня звонить, видимо, хочет еще и сам просить! Вас соединять?

— Да, — помедлив, сказала Марина. — Да, конечно.

История с писателем Анатолем Гроссом — в прошлой жизни его звали Толя Грищенко — началась довольно давно.

Толя Грищенко, в девяностые годы начинавший как неплохой детективный автор, лет десять назад уехал в Америку и там окончательно понял, что настоящая жизнь есть только в России, а в Штатах все скучно, тускло, фальшиво и вообще простору мало. Из детективщиков он переквалифицировался в создателя эпических произведений, которые на Западе так и не пошли, несмотря даже на то, что псевдоним у Толи был весьма европейский, а европейские авторы — и псевдонимы! — в Штатах традиционно уважались. Из тусклой и фальшивой Америки Толя по непонятным соображениям все же уезжать решительно не желал и именно оттуда бомбардировал отчизну «нетленкой». Здесь его издавали и даже продавали, однако в авторы первой десятки он так и не вышел, и его это, по всей видимости, огорчало.

Марина помнила его разухабистым мужиком, любящим закусить холодную водку сальцем с лучком и черным хлебом и под это дело порассуждать о скорбных делах, творящихся в отчизне, о гибели литературы как таковой и писателей как писателей. Детективы при этом он строчил будто из пушки и очень обижался, когда маститые и увенчанные лаврами литераторы называли его произведения «мусором» и «чтением для метро и сортиров». Толя Грищенко, еще не будучи тогда Анатолем Гроссом, заводился с пол-оборота, кричал, что эти самые писатели так ничего стоящего и не создали, а все написанное ими нужно отправить на помойку — и история уже отправила, и именно туда! Наверное, если бы он продолжал строчить детективы, то прославился бы и вышел в авторы «первой десятки», чего ему очень хотелось, но Толю подкосила очень русская страсть — к мессианству. В конце концов, бедолага Толя уверился в том, что чтиво для сортиров и метро действительно никому не нужно, и ударился в «высокое». Для начала он написал роман о гибели планеты — от экологической катастрофы, разумеется. Затем о том, что всех без исключения впереди ждет смерть — мысль не слишком новая и не слишком оригинальная. Про катастрофу еще кое-как прочитали, а про близость смерти почему-то решительно никто читать не захотел, и тогда Толя написал роман мистический. Сей роман на весь мир его тоже не прославил. Дело в том, что доморощенная мистика была никому не интересна, а другую, не доморощенную, голливудскую, Толя писать не умел, да и к тому времени она уже была написана — Стивеном Кингом и Дином Кунцем, которые, по определению, умели это делать лучше Толи. Тогда пришлось перейти на создание эпохальных и эпических полотен, что Толя и сделал.

Зато в Штатах ему удалось обзавестись свежей американской женой, недавно прибывшей в Новый Свет из Старого, то есть из города Киева. Американская, бывшая киевская, жена родила Толе малютку, что явилось для него некоторым образом потрясением — Толя к моменту отбытия за океан был не слишком молод, а к рождению малютки уже решительно не молод, и заботы о благосостоянии семейства поглотили его целиком.

Благосостояние семьи в Америке полностью зависело от того, как продаются Толины книги в России, в том числе и в книжном магазине «Москва», где Толя собирался нынче общаться с поклонниками.

По причине давнего знакомства придется Марине Николаевне встречать Толю «лично», как выразилась помощница, а Марине не слишком этого хотелось.

Рита продекламировала расписание до конца. Марина почти не вслушивалась, потому что знала — если она что-то забудет или упустит, помощница непременно напомнит и непременно вовремя, и день покатился как снежный ком с горки, набирая обороты и обрастая непредвиденными обстоятельствами, срочными делами и вовсе не запланированными встречами.

Телевизионщики приехали, ясное дело, с многочасовым опозданием, как раз когда в магазин валом повалил народ и в тесных, уставленных книгами от пола до полтолка залах стало совсем не протолкнуться.

Рита заглянула в кабинет, как раз когда Марина разговаривала по телефону с издателем Анатоля Гросса.

— Да ты пойми меня правильно, Андрей Андреевич, — очень убедительно говорила Марина, а Рита гримасничала в дверях. — Дело не в том, что мы плохо относимся именно к твоему автору! Просто он, как бы это сказать... не наш автор. Он у нас почему-то всегда плохо продается!

Издатель, осведомленный о том, что Гросс продается плохо, тем не менее был абсолютно уверен, что Марина Леденева может продать кого угодно и в любых количествах и если не продает, то только потому, что ей неохота, настаивал на личной встрече, но делал это с осторожностью. Он точно знал, что на Леденеву нельзя давить. Все решения она всегда принимает сама и в соответствии со своими собственными взглядами на жизнь.

— Ну вот есть авторы, которые у нас не идут никогда, и Гросс как раз из тех, кто не идет!

— А кто у вас хорошо идет?

Марина улыбнулась ангельской улыбкой. Хорошо, что издатель ее не видел.

— Вот Памук хорошо идет. Паоло Коэльо. Хмелевская, из тех, кто полегче.

— Паму-ук, — протянул издатель, не уловивший никакой иронии, — так он же этот... как его... нобелевский лауреат!

— Вот именно, — согласилась Марина, — и тем не менее продается хорошо. Ты сам знаешь, нобелевских лауреатов никто, кроме Нобелевского комитета, как правило, не читает.

— Марина Николавна, ты меня без ножа режешь! Ну, что тебе стоит, прими ты нашего автора, хоть он и не Памук! А то ведь обидится, выйдет история с географией, ты этих творцов лучше меня знаешь!

— Ну, положим, я не знаю. Откуда мне знать, я просто книгами торгую!

Тут Андрей Андреевич кинулся льстить, славословить, рассказывать, какая она прекрасная, как отлично во всем разбирается, хоть бы и в психологии творцов, и она быстро его остановила. Лесть Марина никогда не любила.

Рита все маялась в дверях.

— Хорошо, Андрей. Я приму его, конечно, только народ от этого все равно не соберется, я тебе точно говорю!.. Если его утешит свидание со мной, я готова.

— Вот спасибо, Марина Николаевна! Вот спасибо! Я бы не стал к тебе приставать, но на самом деле вся надежда только на тебя, а без... — завел издатель, и Марина, прикрыв трубку ладонью, снизу вверх вопросительно кивнула Рите.

— Что?

— Они просят пару залов освободить

от людей, — выдала Рита. Глаза у нее смеялись.

— Кто?!

— Телевидение. Им камеры негде ставить. Они говорят, что толпу уже сняли, и теперь им нужно полки и интервью с вами, а они не могут, потому что народу битком!

— Андрей Андреевич, прости, мне надо с телевизионщиками разобраться, — сказала Марина в трубку, — до свидания.

— Ну, что? Закрываем, Марина Николаевна? — спросила Рита.

— Да они с ума сошли, что ли?! Как можно в разгар дня два зала закрыть?!

— Я и говорю, что не можем, но они и слушать ничего не хотят. Они же с телевидения!

— Ну да, — с неопределенной интонацией согласилась Марина, — пойдем, посмотрим?

По узким и тесным коридорчикам, переходящим один в другой — в магазине «Москва» вечно не хватало места, экономили на всем, и особенно на директорских «покоях», — Марина выбралась к тяжелой металлической двери в торговый зал и распахнула ее.

Шум, гул, голоса, сияние ламп, витрин, стеклянных стоек, подсвеченных изнутри, море людей, как будто колышущееся между сияющими берегами. Марина стояла выше — лестничка в несколько ступенек вела во внутренние помещения магазина, — и ей с возвышения хорошо были видны входные двери, в которые валил народ, и с этой стороны даже собралась небольшая очередь «на выход».

Никто не знал, как Марина любила эту самую толпу, втекающую в двери, как ценила, как радовалась каждый раз, что в ее любимый книжный идут люди, значит, все правильно, все хорошо, значит, усилия не пропадают даром!

Потеснив начальницу плечиком, Рита пробежала вперед, чтобы указать Марине дорогу. Телевизионщики были, ясное дело, в самом дальнем и людном зале, где продавались мемуары, беллетристика, детективы и новинки, и добраться до него, особенно в магазинный час пик, было делом непростым.

Возле настенного телефона, над которым висел яркий плакатик, призывающий «позвонить директору», маялся старичок в вылезшем кроличьем треухе, хотя в магазине было тепло, и порыжевшем пальтеце, напомнивший Марине кого-то из давнего и далекого времени. Узловатой рукой он держал трубку, дул в нее, время от времени отрывал от уха и рассматривал тоскливо.

Ясное дело, Марина возле него притормозила.

— Здравствуйте, — сказала она старичку громко, и тот воззрился на нее с удивлением. — Вы хотели что-то сказать директору?

Старичок испуганно приосанился, как школьник, которого собираются отчитывать.

— И хочу, и скажу! Вот тут написано, — и он наставил на яркий плакатик очки с толстыми, как будто выпученными линзами, которые все время держал в руке, — позвоните директору! Я и звоню. Только почему-то ничего не слышно.

Эти телефоны и плакатики придумала Марина, чтобы поддерживать связь с покупателями. Каждый желающий, недовольный или, наоборот, осчастливленный, мог позвонить и оставить сообщение. С прослушивания сообщений она начинала каждый рабочий день.

— Не слышно? — переспросила Марина.

Рита, убежавшая далеко и вернувшаяся за начальницей, моментально сняла трубку и послушала.

— Все слышно, Марина Николаевна.

Просто там автоответчик, — объяснила она старичку.

— Но вы можете мне все сказать прямо сейчас, — объявила Марина. — Я и есть директор.

Вокруг шумела толпа, люди протискивались мимо, обремененные фирменными зелеными пакетами, в которые здесь упаковывали книги.

— Голубчик! — вскричал старичок, снова неуловимо кого-то напомнив. — Вас звать Марина Николаевна Леденева?

Марина кивнула.

— Что вы хотите мне сказать?

Старичок суетливо стал совать во внутренний карман пальто свои очки с захватанными стеклами и все никак не мог попасть. Вид у него был еще более испуганный.

Марина ободряюще пожала узловатую и холодную, несмотря на магазинную жару, руку.

— Голубчик, — заговорил старичок и откашлялся, — я, собственно, хотел всего лишь выразить вам... благодарность, если мне позволено будет это сделать... Видите ли, мы живем в этом доме, собственно, долгие годы живем, и вдруг, так неожиданно... Видите ли, вокруг все изменилось, и продолжает меняться, и не всегда в лучшую сторону, иногда так трудно приходится... Вот казино под окнами у нас открыли, прямо в переулке, и мы с тех пор почти не спим...

Марина слушала не перебивая. Казино, вернее стриптиз-клуб, в переулке открыли уже лет десять назад, и Марина даже некоторое время воевала с резвыми ребятами, держателями заведения.

Рита, которая переживала, что телевизионщики сейчас наделают дел в самом людном и тесном зале, уже давно проявляла признаки нетерпения, а тут не выдержала.

— Я могу вас проводить в кабинет, и вы мне скажете все, что хотите сказать Марине Николаевне, а сейчас, простите, директор очень спешит.

— Нет, нет, зачем в кабинет, не нужно!.. — переполошился старичок. — Я, если мне будет позволено, просто хотел от всей души поблагодарить вас, голубчик! От себя и от Лели, Елены Самсоновны, супруги, и от всех нас!

Вот, ей-богу, Марина, всегда быстро соображавшая, никак не могла взять в толк, за что он ее благодарит. Кажется, старичок это понял. Он придвинулся поближе и понизил голос, словно сообщая некий секрет, не предназначенный для посторонних ушей:

— Мы все, все получили подарки! От вашего, то есть от нашего любимого магазина! Все ветераны и просто... — он поискал слово и улыбнулся, — и просто старики. К годовщине Октябрьской революции. Мы понимаем, революция — это нынче не модно, но что делать, вся жизнь прошла, и оказалось, что даром!.. А мы... мы, что же... Нам трудно привыкнуть... — Тут он спохватился и вскричал негромко: — Так что спасибо вам, голубчик, громадное спасибо!..

Марина кивала и улыбалась и еще раз напоследок пожала холодную старческую руку, а потом, увлекаемая Ритой, оглянулась. Вылезшая кроличья шапка мелькнула и потерялась в толпе.

Эти подарки старикам, живущим в доме, где помещался книжный магазин «Москва», придумал Маринин муж, сама бы она не догадалась.

— Марьюшка, — однажды сказал он озабоченно, — надо бы нам как-нибудь праздник устроить, ну, просто для пенсионеров!.. Ведь есть такие, которые в этом доме пятьдесят лет живут!

Митя всегда был чем-нибудь или кем-нибудь озабочен — стариками, жильцами, дальними знакомыми, которым требовалось сложное лечение, бабусей, живущей на соседнем участке, или собакой Цезарем, которая с утра плохо ела и делала скучное лицо. Неизвестно, как ему это удавалось, но, в конце концов, все получали помощь — деньги находились, лекарство покупалось, бабуся обретала новый забор, а собака Цезарь непременно веселела.

Митя же и придумал, как поздравить... не обижая. Он собрал «заказы» — как когда-то, в советские времена, по которым старики так отчаянно и искренне ностальгировали. Самые настоящие, полновесные, «правильные» заказы! В картонной коробке были аккуратно уложены: твердая палка копченой колбасы, соблазнительная баночка красной икры, полголовы желтого сыра, увесистая пачка чая, плитка шоколада, растворимый кофе, бутылка шампанского, книжка из серии «Жизнь замечательных людей», календарь на следующий год и — в отдельном конвертике! — поздравительная открытка с кремлевскими башнями и звездами, а также купон на скидку в книжном магазине «Москва».

— Вот видишь, — хвастливо сказала Марина помощнице, гордясь мужем, —

мы не догадались, а Матвей Евгеньевич догадался! И людям теперь приятно.

По ступенькам они перешли в следующий зал — магазин тянулся вдоль Тверской, смотрел на улицу огромными витринами, которые всегда внимательно и с любовью оформляли, и все залы «поднимались» вместе с улицей.

В зале было не протолкнуться, как на первомайской демонстрации в застойные времена. Странный пронзительный свет заливал книжные полки, и, только подойдя поближе, Марина поняла, что светит мощная лампа на длинной и тонкой чёрной ножке, которую, оберегая от толпы, придерживает худосочный и патлатый молодой человек, абсолютно телевизионного вида.

Телевизионные молодые люди решительно отличаются по виду от всех остальных молодых людей.

— Здравствуйте.

Парень дернул шеей, оглянулся на Марину и отвернулся, не найдя в ней ничего интересного.

Другой, с камерой на плече, стоял в некотором отдалении, а возле полок металась девушка с микрофоном. Людей, которые из-за давки не понимали, что происходит, теснил третий молодой человек, наступавший на толпу, широко раскинув руки. Покупатели покорно, но не без ропота, отступали. Общую картину под названием «вавилонское столпотворение» довершала небольшая низенькая трибунка, перегородившая примерно треть узкого зала, так что приходилось обходить ее, чтобы попасть к дальним стеллажам. Трибунка была приготовлена для Анатоля Гросса и его встречи с читателями.

Рита протиснулась к мечущейся девушке и взяла ее за руку. Та остановилась и с видимым усилием сфокусировала взгляд на Марине и ее помощнице.

— Марина Николаевна, это Ольга, корреспондент. А это наш директор.

— Здравствуйте, — с разбегу начала девушка, тараща глаза, — нам нужно снять здесь и здесь, и еще там, где книги о Москве, это было бы просто отлично, но народу очень много, и оператору совершенно негде работать, и, наверное, придется проход закрыть, тут и еще вот там, а потом нам нужно будет синхрончик записать, а для этого придется выйти на улицу и встать возле дверей, там отлично и видно надпись «Москва». Вы встанете, я вам задам вопросы, вы ответите, а потом мы поговорим еще у вас в кабинете, а затем...

— Оль, чего еще снимать-то?! Полки я уж снял!..

Девушка, с тем же усилием оторвавшись теперь от Марины Николаевны, махнула рукой в сторону:

— Вот там еще сними! Где новинки! И надпись сними, что это новинки!

— Я туда не протолкнусь!

— Господа, посторонитесь, пожалуйста! Оператору совершенно негде работать!

Марина, начавшая было раздражаться, вдруг развеселилась.

Инструктор, с которым в юности она ходила в походы то на Приполярный Урал, то на Север, любил повторять, что если нет возможности изменить ситуацию, нужно изменить отношение к ней.

Марина это хорошо усвоила.

Ну, они молодые и неопытные, эти самые журналисты. Ну, приехали они совсем уж не вовремя. Ну, им кажется, что при виде камеры директор непременно упадет в обморок от счастья, выгонит людей, переставит стеллажи так, чтоб удобнее было снимать, вывеску перевесит, люстры поменяет местами, и все само собой получится, и материал выйдет «зашибись»!..

Девушка, махавшая руками на покупателей в некотором отдалении, подлетела и уставилась на Марину. Потом на лице у нее отразился ужас, и она стала тащить из кармана вчетверо сложенный листок бумаги.

— А... скажите, пожалуйста, — Ольга вытащила листок, скосила глаза, как в шпаргалку, видимо, ответа не нашла и перевернула на другую сторону, и тут воспрянула духом, — скажите, Галина Николаевна, можно будет на время этот зал закрыть, чтобы мы могли спокойно работать, а потом...

— Нет, — перебила директриса. — Все будет не так. Во-первых, вы должны запомнить, что меня зовут Марина Николаевна. Во-вторых, среди бела дня по непонятным причинам магазин закрыться не может, вы уж извините. Если хотите, мы можем принести стремянку, вы ее поставите на возвышение, и ваш оператор снимет зал сверху. Здесь, — она показала на трибунку, приготовленную для Анатоля Гросса, — как раз свободно. Если у вас получится, можете побеседовать с покупателями, а потом вас проведут в кабинет, и мы спокойно там поговорим. Снимать на улице вряд ли имеет смысл, потому что уже темнеет, а пока вы будете переносить свою аппаратуру, стемнеет окончательно. И снег пошел. Видите?..

Девушка-корреспондентка только моргнула.

— Ну, вот и договорились, — весело заключила Марина, — значит, я вас жду в своем кабинете. Рит, проводишь, ладно?

Муж Митя называл ее «мастером простых решений», и Марина иногда не знала, хорошо это или плохо.

В данном случае совершенно точно — хорошо.

Она стала пробираться обратно, путь через все залы предстоял неблизкий, когда к ней протиснулся охранник.

— Марина Николавна, — озабоченно сказал он, наклоняясь к самому ее уху. — Задержали вора. Ну, того самого! Что делать? Милицию вызывать?..

1993 год

С утра Марина заехала к маме. Думала, на пять минут, а оказалось, почти на час. Мама капризничала и вздыхала — с одной стороны, ей очень хотелось в санаторий, куда Марина каждый год ее отправляла, а с другой — очень не хотелось собираться.

— Вот как бы так сделать, — говорила мама, усаживая Марину пить чай, — чтобы, с одной стороны, поехать, а с другой, чтобы кто-нибудь за меня собрался бы!

Марина, отлично понимавшая все эти заходы, помалкивала, прихлебывала из кружки. Собирать родительские чемоданы у нее не было ни времени, ни желания, да и чаю не слишком хотелось!.. Митя все повторял, что чай должен быть как поцелуй, «сладок, крепок и горяч», и научил ее заваривать «двойной с прицепом». Это означало, что кружку нужно налить доверху рубиновым, душистым, огненным чаем и положить в него ломтик лимона. Чай на родительской кухне не шел ни в какое сравнение с «двойным с прицепом», и Марина пила исключительно из вежливости.

Отчим в это время громогласно осведомлялся, как это так выходит, что путевка в такое хорошее и дорогое место по нынешним лихим временам стоит всего ничего, даже говорить смешно!..

Марина и тут помалкивала, пожимала плечами, а когда отчим уж очень наседал, говорила, что, должно быть, ездят мало, вот цены и падают.

— Да! — восклицал отчим. — Как же! Падают они!.. В магазинах, выходит дело, растут, а в санатории падают! С чего бы им падать?!

Марина опять пожимала плечами.

Врать она не любила, очень от вранья уставала, и ее отчаянно тянуло на работу — там все было ясно и понятно и нужно было каждую минуту отвечать за всех и ликвидировать какие-нибудь прорывы. Магазин в катастрофическом состоянии, потолки текут — а сверху жилой дом! — проводка того гляди загорится, на складах стены трескаются и полки надо подпирать бревнами, а денег на ремонт как не было, так и нет. Начали было потихонечку, а надо бы не потихонечку, надо бы как следует взяться, можно ведь и опоздать! Упадет стена, придавит кого-нибудь, боже сохрани, вот тогда ищи виноватых! А никто и не виноват, в стране перестройка, ломка, черт знает что!..

Должно быть, слово «перестройка» она в задумчивости произнесла вслух, потому что отчим вдруг объявил громогласно:

— Да-с! Перестройка! На всякую перестройку смело клади вполовину больше против сметы. Прихотливые ломки да перестройки хоть кого разорят. Это кто сказал?

Марина не знала.

— Это сказал Владимир Иванович Даль, — с укором объяснил отчим. — Даже ты не знаешь! Все ведь только кажется, что новое, смелое прет, а ничего не прет, все уж было, вот и Владимир Иванович про это писал! Все у нас есть — и недра земные, и недра духовные, вон какое наследие получили от великой культуры, а мы хуже макак! И никак ведь его не выведешь из состояния макаки, человека-то! С одной стороны, человек силен, грешен, страшен, кровожаден, опасен и зол. И в то же время — велик. Он губит, съедает, уничтожает, оскорбляет и... красив, умен, добр, благороден, милостив, храбр, предан делу, семье!.. Кто-то же должен выводить высокую породу человеков! Кто и как?

— Да ведь пробовали выводить-то, — тихонько сказала Марина. — А неподходящих всех в ров или в газовую камеру. Ты же воевал. Ты лучше меня знаешь!..

— Да ну тебя, — обиделся отчим, — я совсем про другое говорю, и не делай, пожалуйста, вид, что ты не понимаешь! Нужен закон? Вроде нужен. Только его все обходят, какой бы он ни был хороший да раззаконистый! Труд? Им тоже пренебрегают, и многие! Лишения, испытания? На них набивают суму мерзавцы, а от наказаний откупаются! Что такое?! Откуда такое несовершенство?! И чем дальше, тем оно хуже, несовершенство-то!..

Марине до ужаса жалко было отчима, мальчишкой ушедшего на войну и дошедшего до Восточной Пруссии, всю жизнь «отдававшего себя людям», над чем посмеивались в семье, и вдруг растерявшегося — не на войне, не в концлагере, а в мирной Москве конца двадцатого века.

Она приехала на работу, опоздав почти на час и в плохом настроении.

На работе, как выяснилось, с самого утра творились чудеса.

— Тебя кто только не искал, — озабоченно сказал Сергей Иванович, новый заместитель, кое-как внедрившись в тесный кабинетик. — Оттуда звонили!

И он показал пальцем на потолок.

— Оттуда — это откуда? — спросила Марина, наспех просматривая бумаги. — Из квартиры номер пятьдесят?

— Почему из квартиры, — обиделся заместитель, — не из квартиры, а из Кремля. Комендант звонил.

Марина подняла глаза.

— Зачем?

— А кто знает? Они нам не доложили. Сказали, что директор срочно нужен, а с нами и говорить не пожелали.

Сергей Иванович был из военных и ну никак не мог взять в толк, как это вышло, что баба получилась главнее его!.. Нет, он готов был слушаться и уважать ее, она баба непростая, деловая и хваткая, но вот так, чтоб из Кремля звонили, а ему даже не сказали, в чем дело, — это он отказывался понимать.

— А еще кто искал? Ты сказал — кто только не искал! Из Кремля, а еще откуда?

— Из приемной Морозова звонили. Ну, того самого!..

Так звали пресс-секретаря президента.

Марина знала его плохо, больше по телевизору видела, и иногда, на каких-нибудь расширенных заседаниях правительства, они издалека сдержанно кивали друг другу.

...Что происходит?

Магазин закрывают? На месте книжного теперь будет казино? Или заправка? Или гастроном?.. Или военный склад?

От властей предержащих Марина старалась держаться на разумном отдалении, чинопочитанием и низкопоклонством никогда не страдала, слишком много сил у нее уходило на то, чтобы и собственные интересы соблюсти, и достоинство сохранить, и в хороших отношениях остаться. Она как будто позволяла себе роскошь общаться не только и не столько с полезными и важными людьми, сколько с теми, кто на самом деле вызывал ее уважение и расположение.

Отчим, даже ничего не зная о ее делах, всегда любил в ней эту черту, а мама фыркала и называла «фрондеркой» и «юной пионеркой».

— Ниночка! — восклицал в таких случаях отчим. — Алмазная моя! Ты сама не знаешь, что говоришь! Пионэры и фрондеры — это из двух разных исторических романов! Ты просто перепутала!

Ему нравилось прикидываться всезнающим и давно живущим стариком на фоне двух легкомысленных «молодух» — Марины и собственной супруги.

Самое главное, любимый муж Матвей накануне уехал в Киев, и даже посоветоваться было не с кем. Сергей Иванович не в счет, он напуган и уязвлен и вряд ли сможет что-нибудь толковое посоветовать!..

— Я им сказал, конечно, что ты вот-вот будешь, — бубнил тем временем заместитель, — а мне из приемной Морозова, уже когда второй раз звонили, говорят: что это она у вас так поздно на работу приходит? А я говорю, что...

— Марина Николаевна, — в дверь заглянула только что пришедшая на работу сотрудница с литературным именем Маргарита. Личико у нее было перепуганное. — К вам какие-то люди пришли, Толя не хотел пускать, а они...

Подвинув девчушку и глянув в сторону застывшего, как соляной столб, Сергея Ивановича, в кабинет вошли сразу несколько человек в одинаковых серых костюмах. Вид у них был внушительный и какой-то на редкость невеселый. Марина поднялась за своим канцелярским столом, заваленным бумагами, счетами за свет и за «площадь», сметами будущего ремонта, образцами литературной продукции в виде тоненьких брошюрок о сексе и о том, как закрывать на зиму огурцы, эти брошюры только-только стали выпускать едва народившиеся на свет коммерческие издательства, и стремительно подумала, что они пришли ее убивать.

Такие вещи в последнее время стали происходить то и дело. Пламенный и бледный, с горящими, страшными глазами Александр Невзоров рассказывал о них в программе «Журналистское расследование», которую смотрели, как некогда кинофильм «Семнадцать мгновений весны», истово, изо всех сил боясь и ожидая продолжения и назавтра обсуждая показанное.

Лозунг «грабь награбленное», придуманный несколько десятилетий назад балагуром-вождем, поставившим страну на дыбы и потом растянувший ее же на дыбе, преодолев виток истории, вновь оказался актуален как никогда!.. Грабили все и всех. Слово «рэкет» стало таким же обыденным, как «парикмахерская», а потому неинтересным. Появилось новое модное выражение — крышевать.

Кто тебя крышует? Да местные!.. И много платишь? Как все плачу, как положено!

Когда, кем и что именно положено, не имело никакого значения. Все привычные, милые, детские-советские понятия сдвинулись и расплылись, и, казалось, теперь никто не может вспомнить, как они выглядели, когда они были незыблемы и вечны, как египетские пирамиды.

Оказалось, что из Туркмении везут анашу, а братский афганский народ, боровшийся с помощью русских мальчишек за свободу, независимость и национальное самоопределение, вовсе не хочет никакого самоопределения, а воюет потому, что не воевать не может — больше ничего не умеет! — и тоже хочет везти в братскую страну анашу, а может, что-нибудь посерьезней, потяжелее!

Оказалось, что израильская военщина вовсе не собирается давить танками малолетних палестинских детей, а просто на силу отвечает силой — и что тут такого?! Так делали все и всегда со времен Александра Македонского! Побеждает сильнейший. Победитель же получает все.

Оказалось, что воровать как раз хорошо, а вовсе не плохо, и еще оказалось, что воровали все, все!.. Все и всегда. Воровали председатели обкомов, министры, генералы, что уж говорить о сошках помельче! Александр Невзоров, сверкая голубыми страшными глазищами, говорил многозначительно: «Рыба тухнет с головы», — и все понимали, о какой именно голове идет речь!..

Оказалось, что деньги, если их не хватает, можно прийти и отнять у того, кому хватает. Еще можно отнять жену, опять же, если не хватает. Или ребенка, если просто так отец-строптивец платить не хочет. Стали модными анекдоты про паяльники и утюги — оказалось, что ими можно пытать, а что тут такого?!

Все это вихрем пронеслось у Марины в голове, осело в горле, так что вдруг запершило, и она откашлялась.

Самый первый и самый невеселый из вошедших посмотрел на нее без всякого выражения.

Интересно, он специально тренировал себя, чтобы научиться так смотреть? Или само собой выходит, потому что «выражения» действительно нет? Ну нет, и все тут!..

— Марина Николаевна Леденева?
— Да.
— Полковник Гаврилко. — Дежурным, невыразительным движением он сунул ей удостоверение и тут же убрал.

А Марина вдруг развеселилась.

Вот прямо так и Гаврилка?! Может, хотя бы Гаврила?! Развеселившись, она вдруг успокоилась, и сухость в горле прошла.

— Здравствуйте, товарищ полковник.

«Гаврилка» — даже не Гаврила! — сухо кивнул, однако ее неожиданное веселье, видимо, «срисовал», еще одно остромодное слово, потому что добавил довольно сердито:

— Андрей Степанович.

— Марина Николаевна.

— Товарищ директор, мы должны осмотреть все помещения вашего магазина и прилегающую к нему территорию. — Он так и сказал «прилегающую», как будто речь шла об участке государственной границы. — Лестницы, чердаки, подвалы, складские и подсобные помещения, черные ходы, подъезды, запасные выходы...

Перечислял он тоже без всякого выражения.

— Зачем?

— Что — зачем?

— Зачем вам все это осматривать?

Теперь вдруг удивился полковник Гаврилко.

— На предмет обеспечения безопасности первого лица.

— Какого... лица?

Сергей Иванович, задвинутый в угол, давно уж делал ей знаки. Должно быть, в таком сугубо мужском и очень ответственном деле, как «обеспечение безопасности», он понимал значительно лучше Марины и примерно на одном уровне с полковником Гаврилко.

Марина не обращала никакого внимания на его знаки, а полковник вдруг спросил обидно:

— Вы что? Я же вам удостоверение показал! А там русским по белому написано: ФСО! Федеральная служба охраны! Понятно?

— Непонятно, — сказала Марина, во всем любившая честность и ненавидевшая всезнайский тон. — Объясните.

— Вам все объяснят, — помолчав, объявил полковник, — а сейчас нам хотелось бы приступить к работе.

Марина пожала плечами.

— Сергей Иванович, проводите, пожалуйста.

— А где ключ от черного хода? — тревожно, но в то же время деловито и с каким-то особым трепетом спросил Сергей Иванович, выдвигаясь из угла.

— У Анатолия, вы же знаете!

За распахнутой дверью, в тесном и плохо освещенном коридорчике мелькнуло лицо кого-то из девушек — перепуганное насмерть. Люди в серых костюмах стали выбираться из кабинета, и почему-то так получилось, что полковник Гаврилко опять оказался впереди всех, и тут зазвонил телефон.

— Да!
— Марина Николаевна?
— Да!
— Пресс-служба президента. Прием-

ная Морозова Сергея Константиновича. Я сейчас вас соединю.

— Да, — согласилась Марина, хотя ее никто ни о чем не спрашивал.

Согласившись, она независимо пожала плечами и поймала свое отражение в стекле книжной полки. Собственный растерянный вид не слишком ей понравился.

Ничего не происходит. Ничего не случилось. Что ты нервничаешь, как школьница перед экзаменационной комиссией?!

— Марина?

Голос узнаваемый, низкий, профессионально-отчетливый. До пресс-секретарских времен Сергей Морозов работал на телевидении и считался неплохим журналистом.

Неплохой — значит блестящий, на их особом телевизионном языке.

— Слушаю вас, Сергей Константинович, здравствуйте.

— Президент собирается заехать в ваш магазин, — бухнул пресс-секретарь без всякой предварительной подготовки. — Сегодня день рождения Пушкина! Вы готовы... нас принять?

— Мы всегда рады видеть... — Марина поняла, что говорит что-то не то, но все же договорила: — президента. Но я не знала, что он такой поклонник Александра Сергеевича.

Морозов засмеялся, и Марина приободрилась.

— А когда ждать... гостей?

— Расписание есть, — сказал Морозов таким тоном, как будто сомневался, есть ли оно на самом деле. — По всей видимости, во второй половине дня. Никак не раньше трех часов. Но время будет еще уточняться. И это только в том случае, если мы будем укладываться в график. Ваш магазин как-то готовился ко дню рождения Пушкина?

«Интересно, — быстро подумала Марина, — какого ответа он ждет?»

Нет, мы не готовились, и приезжать не стоит? Скажите вашему президенту, что нужно предупреждать заранее?

Да, мы готовились изо всех сил, не смея надеяться, что нас посетят такие высокие гости, и все же в глубине души смутно веря в столь небывалое счастье?

— У нас один из залов оформлен специально ко дню рождения поэта, и центральная витрина тоже. Есть тематический стенд, а в канцелярском отделе выставка портретов...

Морозов почти не слушал. Или ему все равно, или он был прекрасно осведомлен и о витринах, и о стендах. Разведка донесла?..

— Ну, вот и хорошо.

— Сергей Константинович, — сказала Марина решительно, — мы ведь специально ничего не готовили! И ремонт в магазине я сейчас сделать не успею.

Морозов — надо отдать ему должное! — вдруг захохотал.

— Сейчас не надо! И не прибедняйтесь. Нам отлично известно, что у вас в магазине всегда все в порядке.

«Интересно, откуда это известно, — пронеслось в голове у Марины. — И кому — нам?..»

— Я думаю, что приедет охрана и там все на месте посмотрит, только вы не пугайтесь!

Марина сказала, что охрана уже прибыла и смотрит и никто не пугается.

— Ну, добро, — по-государственному попрощался бывший пламенный журналист, а ныне большой чиновник.

Положив трубку, Марина некоторое время посидела, собираясь с мыслями.

И что это Матвей так некстати уехал!..

Не то чтобы она каждую минуту кидалась за помощью к мужу, но все же с ним рядом ей было как-то спокойней и понятней.

Хотя и так все понятно! Что уж тут непонятного — президент приезжает!.. И она засмеялась.

За стеной что-то упало и покатилось — Марина прислушалась. Некоторое время была тишина, а потом опять загрохотало, и как будто бочка упала. Должно быть, Гаврилка осматривает пути к отступлению. А может, к наступлению!..

— Рассиживаться некогда, — сама себе сказала Марина Николаевна и нажала желтую клавишу на допотопном селекторе. Этим селектором осуществлялась связь с товароведами, складом, торговыми залами.

Должно быть, все уже в курсе событий, в курилке на лестнице сейчас паника стоит столбом, гораздо плотнее и осязаемей, чем сигаретный дым. Должно быть, коллектив уже обсуждает потрясающую новость, а заполошная Клара Францевна, как пить дать, находится в курином обмороке.

— Елена Семеновна, — сказала Марина внушительно, когда селектор затрещал и вместе с треском в темный кабинет ворвался привычный шум торгового зала, который Марина так любила, — попросите начальников отделов, кто сейчас свободен, подойти в мой кабинет. И сами подходите!

Сквозь треск и шумы такие, как будто осуществлялся сеанс связи с Марсом, Елена Семеновна проквакала, что сию минуту все будут, и Марина отпустила желтую клавишу.

— Марина Николаевна, — в дверь заглянул Сергей Иванович, очень озабоченный и «при исполнении», — у нас пожарный гидрант здесь подключается или только из дальнего коридора?

Марина посмотрела на него исподлобья.

Вот тебе и раз!..

— Ты что, Сергей Иванович? Заболел? — В первый раз она назвала его на «ты». — И здесь, и из коридора, и еще в подвале, и на складе! А у нас пожар?

— Я должен дать сведения.

— Ну так давай! Ты что, первый день работаешь?!

Очевидно, заместитель устыдился, потому что вдруг расплылся в растерянной улыбке, и шея у него покраснела.

— Да ты понимаешь, — растерянно сказал он, принимая ее тон, — я вблизи только начдива видел, да и то один раз в жизни! А тут, понимаешь, президент!..

Я и того... А ты не знаешь, почему он к нам-то? И чего так неожиданно?

— Думаю, что к нам, потому что ему по дороге. От нас до Кремля рукой подать. А неожиданно... Мы же с тобой не соседская держава, и у него не визит доброй воли!.. Он еще небось и сам не знает, что едет! Ему в расписание поставили, потому что сегодня день рождения Пушкина, и российский президент должен это как-то отметить, ну вот он и приедет. Отметит.

Заместитель открыл было рот, чтобы что-то сказать душевное, раз уж у них с начальницей такой особенный разговор пошел, но за спиной у него возникла Елена Семеновна, а за ней еще какие-то «девушки», которых было на удивление много, и Марина махнула ему рукой:

— Ты, главное, лишнего не говори, Сергей Иванович! Ты... делай свое дело, и все будет хорошо.

Часов до двух магазин лихорадило не на шутку.

Начальники отделов, официально оповещенные Мариной о приезде первого лица, разбежались по торговым залам и спешно начали улучшать, менять местами, украшать витрины, а Люся из отдела технической литературы приволокла стремянку и на глазах у покупателей полезла за стеллаж вытирать пыль, как молодая жена перед приездом бдительной и требовательной свекрови.

Марина прошлась по залам, удостоверилась, что все в порядке, впрочем — прав Морозов! — у нее все было в порядке, не только когда собирался нагрянуть президент.

Полковник Гаврилко — Андрей Степанович! — уехал, а потом вернулся. На автобусной остановке перед магазином, тесня народ и мешая движению, стояли «комитетские» черные «Волги» с нелепыми министерскими зелеными шторками на окнах.

Потом приехали люди с рациями и автоматами и тоже пошли по торговым залам и складским помещениям.

Потом неожиданно все уехали и некоторое время никто не приезжал.

— Может, пронесло? — спрашивали друг у друга сотрудники.

Спрашивали с надеждой и некоторым разочарованием.

Несмотря на панику, метания и запугивание друг друга в курилке на лестнице, всем до ужаса хотелось... похвастаться магазином перед «самим».

Двухлетнее противостояние директрисы и коллектива закончилось со счетом два один в пользу директрисы. Всем, даже самым рьяным защитникам старых порядков и привычного хода вещей, пришлось признать, что директриса свое дело знает, работу любит и — самое, самое главное! — в случае чего не даст пропасть ни магазину, ни сотрудникам.

Как будто само собой получилось, что в такое смутное и трудное время книжный все же жил, и жил именно своей книжной жизнью!.. В магазине по-прежнему продавались книги — удивительное дело! Не игрушки, не колготки, не турецкий ширпотреб, а именно книги, и с некоторым недоверием и неохотой «старая гвардия» признала, что заслуга в этом именно директора, которая лишь один угол сдала под дорогую оргтехнику — все ж не под унитазы, а в других книжных и такое бывало!

Атаку «лихих махновцев», то ли перекупщиков, то ли застройщиков, то ли бандитов, ей удалось отразить, хотя внушительная бумага с предложением продать помещение для организации в нем увеселительного центра лежала у нее на столе, все видели!

Продаст, говорили одни. Это ж какие миллионы!..

Отберут, говорили другие. Это ж какие связи задействованы!..

Отдаст сама, злорадствовали третьи. Что ей книжный!.. Она и увеселениями отлично будет заведовать!

Готовились к самому худшему, пугали друг друга в курилке на лестнице, приходили на работу с трагическими лицами.

Марина Николаевна собирала совещания, проводила летучки, хвалила, распекала и толковала про какой-то зарубежный опыт, про «свободную выкладку», как будто книги можно продавать, как консервы «Частик мелкий» в универсаме, смехота!.. В общем, вела себя так, как будто ничего не происходит.

Внушительная бумага, полежав у нее на столе какое-то время, исчезла, а страхи постепенно забылись.

А еще она умудрялась где-то доставать книги, да такие, которые шли нарасхват — американские любовные романы в тонких переплетах, переводные детективы, боевики и триллеры. И она все поменяла местами: книги, которые всегда продавались плохо, вроде биографии Мао Цзэдуна на румынском языке, оказались дальше всех от входа, а на самые бойкие прилавки она выкладывала самые ходовые.

Старые товароведы какое-то время возмущались качеством и подборкой этих ходовых книг, даже собрание провели на тему «Воспитательная работа с покупателями», а потом притихли, потому что время для воспитания было выбрано явно неудачное — в стране царил разброд и шатания. Одно государство пропало, погибло, а другое еще только нарождается, вылупляется из яйца, и непонятно, кто вылупится, белый лебедь свободы или чешуйчатая рептилия капитализма, наживы и стяжательства! Повсеместно месяцами не платили зарплату, скудные денежки еще и обесценивались с каждым днем, а в бухгалтерии книжного магазина «Москва» неспешно сводили дебет с кредитом, и зарплату выдавали регулярно, а на прошлый Новый год еще и премию накинули, вот дела!

В бухгалтерии заправляла теперь Таня Палей, молодая, решительная, только что окончившая полиграфический институт. Когда в далеком девяносто первом уволилась могущественная Ирина Федоровна и увела за собой весь бухгалтерский штат, а директриса поставила главбухом эту самую вчерашнюю студентку, казалось, что все кончено. Развала не избежать.

Но и тут обошлось.

Таня поначалу проливала горькие слезы и просиживала над ведомостями ночи напролет, и директриса рядом сидела, а потом — ничего, разобрались, и дело пошло. Из «Москниги» пришла толстая и одышливая Тамара Федоровна, которую то и дело мучила гипертония, зато она «знала специфику». Уселась в бухгалтерии на самое лучшее место, прогнав оттуда Ирочку Фомину, а когда Ирочка стала верещать, объявила, что лучшие нары всегда у пахана, а она, Тамара Федоровна, и есть пахан!.. Бороться с Таней Палей за первенство она не стала — «годы не те, вот десять лет назад я бы тебя живьем съела!» — и в войне алой и белой розы была наконец поставлена точка.

Бухгалтерия — часть структуры магазина, и только слаженная работа на общее благо может привести всех к победе.

А еще оказалось, что к директору можно обратиться за помощью, и она поможет! Позвонит врачу, если заболела мама, выпишет неожиданную премию, если ребенок идет в первый класс, пошлет Василия Самсоновича на магазинном грузовичке, если с дачи никак картошку не вывезти!

Правда, слезливых историй о том, что муж-негодяй бросил одну с ребенком, она не любила. Всегда говорила: «Раз этот бросил, значит, будет следующий!» И еще так: «Ну, дорогая, нового мужа мне для тебя взять негде, а своего не отдам!»

И как-то так получилось, что магазином и своей работой потихоньку все начали гордиться и дорожить. Заслуженные кадры — по старой памяти. Молодые — с новой силой.

Самое время теперь и президенту показать, что книжный магазин «Москва» не только не загнулся — на-кася выкуси! — а ничего себе живет, вполне солидно, как и положено книжному на главной улице столицы.

Часов в пять — в который раз за день? — прибыл полковник Гаврилко, а с ним уже какие-то другие люди, и попросил Марину Николаевну проводить их на крышу.

— А я не знаю, есть у нас с чердака ход на крышу!

— Есть, есть, — успокоил полковник. — Вы мне ключики от чердака дайте, а ваш заместитель нас проводит.

Высокая духовная связь полковника и

ее собственного заместителя Марину смешила, тем не менее она сделала очень серьезную мину и ключи от чердака отдала непосредственно в руки Сергея Ивановича для передачи полковнику, и таким образом заместитель окончательно возвысился в собственных глазах!..

Как раз когда вновь прибывшие полезли на крышу, позвонили из Кремля и озабоченно сказали, что президент не приедет — предыдущая встреча все еще продолжается, а его уже ждут в другом месте.

Марина положила трубку, пожала плечами и пробормотала:

— Можно подумать, что я настаиваю!

Еще через час опять позвонили и сказали, что президент уже выехал и будет через пять минут.

Встречайте.

Марина вдохнула, выдохнула, покосилась на селектор, нажала желтую клавишу, сквозь марсианский треск и потусторонние шумы объявила готовность номер один.

Потом причесалась перед зеркалом, висевшим на внутренней стороне директорской двери, зачем-то собрала волосы в хвост и тут же зачем-то распустила, одернула безупречный льняной пиджачок и отправилась... встречать.

На улице приятно, по-летнему вечерело, и было тепло, а у нее почему-то весь день мерзли руки. Люди, показавшиеся Марине очень веселыми и ничем не озабоченными, двигались вниз, к Кремлю, и вверх, к Пушкинской площади, и все было как всегда, и она мимолетно подумала, как хорошо, должно быть, живется всем этим парочкам, бабушкам, детям, студентам, приезжим и влюбленным — им не надо сейчас встречать президента!..

— Кать, — сказала она негромко одной из сотрудниц, вышедшей следом за ней, и взглянула налево, туда, откуда должен был прибыть кортеж, — у тебя есть сигарета?..

— Сигарета? — удивилась Катя, как будто в первый раз в жизни услышала это слово. — Есть. Только пачка у меня на столе.

Марина посмотрела на нее, и они улыбнулись друг другу. В дверях стояли плечистые парни в черных костюмах, мешая покупателям, и Марина испытала секундное неудовольствие от того, что они мешают, и отвернулась.

Тут по всей улице Тверской как будто прошла короткая судорога — переключились светофоры, движение замерло и невесть откуда взявшиеся люди в форме — очень много! — вышли на разделительную полосу и стали махать жезлами.

Должно быть, так положено делать, когда едет президент, подумала Марина отстраненно.

Вдалеке завыла сирена, и сердитый искаженный голос что-то приказал в мегафон.

Потом все смолкло, и люди на разделительной замерли, и толпа на тротуарах приостановилась, любопытствуя.

По всей длине улицы, от Кремля и вверх, до «Известий», не было видно ни одной машины, и в этой пустоте и неподвижности было что-то неправдоподобное, как в фантастическом фильме.

— Господи помилуй, — пробормотала рядом Катя, — никак и вправду едет!..

Марина дернула плечом.

Снова взревели сирены, только уже гораздо ближе, и опять все смолкло.

Теперь по всей улице Тверской люди останавливались и смотрели вниз, на Кремль.

Через две секунды из-за серого бока

отеля «Националь» вылетели машины, как показалось Марине, очень много и все одинаковые. Сине-белые всполохи мигалок и прерывистый вой сирен затопили улицу до краев, и казалось, что этот нереальный мигающий, тревожный свет и лающий звук вытесняют вечернее солнце, привычные уличные шумы, как будто ластиком стирают!..

Черная лавина машин обрушилась на улицу, растеклась, сметая все живое, разогналась, притормозила и остановилась перед входом в книжный магазин «Москва».

Черные пиджаки, от которых Марина давеча отвернулась, вывалились из-за ее плеча и выстроились в два ряда, оттесняя народ от входа и надвое рассекая толпу, которая моментально стала растекаться, как вода в перекрытом устье ручья.

Катя, кажется, тихонько перекрестилась, Сергей Иванович по-военному вытянулся и громко сопнул носом. Таня Палей положила руку на сердце, а Марина все искала среди черного полированного стада именно ту машину, из которой должен выйти главный человек в стране.

Президент одной шестой части суши, или сколько там теперь у нас осталось?..

Президент, который просто приехал посмотреть ее магазин. В день рождения Александра Сергеевича Пушкина, солнца русской поэзии!

Она все переводила взгляд с машины на машину, но так и не поняла, из какой именно он вышел, только вдруг оказалось, что он уже подходит к ней, и вокруг него множество каких-то одинаковых людей, и охрана теснит толпу, ставшую огромной как море, хотя только что — Марина отчетливо это помнила — был просто ручей!

Этот самый человек, столько раз виденный по телевизору, подошел, и сбоку забежал Морозов и сказал громко:

— Марина Николаевна Леденева, директор книжного магазина «Москва».

И тут, как по мановению волшебной палочки, вся ее глупая тревога вдруг улетучилась, испарилась, исчезла, как будто стая беспокойных голубей унеслась в вечернее московское небо, унеслась и пропала.

— Здравствуйте, Борис Николаевич, — сказала Марина сердечно и крепко, по-мужски, тряхнула его руку. — Спасибо, что заехали к нам.

У него тоже оказалась крепкая, совсем не чиновничья рука, и улыбка вполне человеческая, и шаг широкий и свободный. Казалось, что он сдерживает себя, чтобы не идти слишком быстро и чтобы свита успевала за ним.

Невесть откуда взявшиеся журналисты — целая стая! — непрерывно щелкали фотоаппаратами, вспышки били по глазам, камеры снимали, штативы устанавливались, микрофоны в неправдоподобно огромных шапках «ветрозащиты» подсовывались под самый нос.

Марина вдруг посочувствовала этому здоровому мужику, больше похожему на кулака-белобандита, чем на чиновника или — о господи! — на президента!

Вся жизнь у него — протокол. Камеры, микрофоны, журналисты, которые ловят каждое его слово, а поймав, все равно перетолковывают на свой лад! И это только то, что «над», то, что видно! Все остальное — борьба, противники, необходимость все время быть начеку, чтоб не сожрали, ответственность, ошибки, трагические и не слишком, дураки-министры, казнокрады, проходимцы, обнищавшие пенсионеры, на все лады проклинающие именно его, газетные листки, в которых его называют Иудой, война на южных границах и прочее, прочее, прочее — остается вне протокола, и этого вроде нет, но на самом деле есть!..

Интересно, о чем этот человек думает в четыре часа утра, когда у него бессонница? Вряд ли о чем-то легком и приятном.

Он вошел в магазин, оглянулся на Марину и сказал удивленно и с удовольствием:

— О! Сколько народу! У вас всегда так?..

— Сейчас не слишком многолюдно, Борис Николаевич. Все на дачах, лето ведь! Зимой и осенью у нас людей побольше.

— Значит, слухи о том, что нынче никто ничего не читает сильно преувеличены, а?..

Вспышки полыхали, камеры снимали, журналисты забегали вперед и бухались на колени, чтобы снять план получше.

Марина, не имеющая никакого опыта общения с президентами, как будто внутренне махнула рукой — ну, гость и гость, гостям обычно показывают что-нибудь интересненькое, и она пошла показывать магазин, и ее никто не останавливал. То ли потому, что она все делала правильно, то ли потому, что «сам» не подавал никаких знаков, из которых следовало бы, что смотреть он не хочет, а хочет немедленно уехать.

Он расписался в книге почетных гостей, которую ему, как каравай, подала на раскинутых руках совершенно красная Катя. Отступая, она споткнулась, и он ее поддержал.

Он купил Пушкина, какой-то самый обычный сборничек, ничем не замечательный, и уплатил за него в кассу. Все стояли и смотрели, как он платит.

Он еще похвалил магазин и уехал.

Марина вернулась в кабинет и боком села в кресло — вдруг почему-то очень устала. Рассердившись на себя за эту дамскую усталость, она еще раз проанализировала события.

Все в порядке, ничего такого не случилось.

Президент заехал к ней на огонек, остался доволен, в грязь лицом она не ударила, и никто никуда не ударил, все было очень неплохо.

В понедельник на летучке она всех поблагодарит.

У нее был свой метод общения с сотрудниками. Она всегда сначала хвалила, и даже если хвалить было совсем уж не за что — все равно выискивала, за что бы такое похвалить. А потом произносила магическую фразу: «И в то же время...», и тут следовал детальный, подробный и честный разбор полетов.

Впрочем, что касается сегодняшнего приключения, и разбирать особенно нечего. Поду-умаешь!..

Телефон зазвонил, и Марина, продолжая думать о президенте, свите, черных машинах, журналистах и Пушкине, взяла трубку и сказала рассеянно:

— Алло!

— Я догадался, — придушенным детективным шепотом сказал отчим ей в ухо. В шепоте тем не менее слышалось некоторое торжество.

— О чем? — не поняла Марина.

— Обо всем, — объявил отчим. — Наш с матерью санаторий обходится нам в полтора рубля, потому что вы с Митей за него доплачиваете! А?!

Марина молчала, пораженная в самое сердце невиданной родительской проницательностью.

— Молчишь?! — зловеще фыркнул отчим. — Молчишь! Значит, так оно и есть! А ты думала, я не догадаюсь, что ли?!

3

«Мне нужен Фауст, только я не помню, как книжка называется!»

«Она так и называется — «Фауст». Автор Гёте».

«Да не-ет! Мне нужен автор по фамилии Фауст, я точно помню. А книжка называется «Функционер». Ну, или «Милиционер»! И что вы на меня так смотрите?»

«Должно быть, вам нужен Фаулз, «Коллекционер»!

«Да, да, это самое! А я как сказал?»

Диалог в книжном магазине «Москва».

Вообще говоря, воровали всегда. Дня не проходило, чтобы что-нибудь не сперли. Раньше Марина все время бесилась — в ее голове решительно не укладывалось, как это можно прийти в магазин и что-то такое там взять, не заплатив!..

А потом ее муж сказал, что следует рассматривать этот бесконечный процесс как естественные убытки.

— Помнишь, в советские времена была усушка, утруска и еще что-то, я забыл?

— Не помню, — упрямо сказала Марина.

— Не помнишь, потому что еще маленькая была, — с удовольствием объявил муж, которому нравилось, что Марина значительно его моложе.

Это нравилось ему последние двадцать лет, что они были женаты. Время от времени она была девочкой с косичкой, а он взрослым и опытным человеком, вот как сейчас, когда он поучал ее про «усушку» и «утруску».

— В общем, всегда есть естественная убыль!

— Митюш, я все знаю про естественную убыль, но это кем надо быть, чтобы просто так зайти и...

— Ты об этом лучше не думай. Все равно не поймешь! И потом, крадут в основном по мелочи!

— Да это и обидно, Мить! Это значит, что человек пришел и украл, не потому что ему очень надо экзамен сдать, а книжка стоит дорого, и заплатить ему нечем! Это развлечение, что ли, такое?! Какую-то ерунду переть, блокноты из канцелярского отдела!

Матвей посмотрел на нее с любовной и насмешливой печалью.

Не то чтобы она была максималисткой, комсомолкой и Зоей Космодемьянской в одном лице, но некоторые человеческие проявления до сих пор обижали и огорчали ее, и она обижалась и огорчалась совершенно искренне, как будто недоумевала, почему люди никак не могут приспособиться жить... хорошо и живут все время плохо!..

— Мить, — иногда говорила она жалобно, и личико ее становилось совсем детским, и голубые глазищи линяли, делались несчастными, серыми, — ну, ведь это так просто! Я все время всем своим говорю — нельзя делать гадости, и даже, знаешь, не потому, что это Библией запрещено, а потому, что это обязательно потом по башке шарахнет! Ну, совершенно точно!.. Ты мне можешь объяснить, ну зачем они воруют?!

Матвей непременно отшучивался, уверял, что эра милосердия скоро грянет, просто ее наступление несколько откладывается из-за несовершенства мира, и предлагал поставить дополнительные камеры наблюдения.

Камеры ставили, воришек иногда ловили, но из-за исключительной глупости как самих воров, так и краж шума никогда не поднимали. Охранники выпроваживали воров вон с указанием больше не пускать, но они все равно возвращались, и их опять ловили — с карандашами или брошюрой «Пояснения к подзаконным актам Конституции РФ, принятым в две тысячи пятом году».

На этот раз попалась рыба покрупнее, как писали в старинных детективных романах.

Антикварный отдел всегда был мечтой Марины Николаевны, очень любившей старинные книги. Маленькой, она никак не могла оторваться от растрепанного красно-вишневого тома с вытертой, некогда бархатной крышкой. Текст на каждой странице располагался в две полосы, как в журнале, и перемежался портретами странного вида людей в необыкновенных одеждах и с необыкновенным выражением на лицах. Все портреты были черно-белые, бумага с краев желтела, из переплета лезли толстые, жесткие от клея нитки. Маленькая Марина рассматривала портреты — некоторые она любила и подолгу разглядывала, других боялась и пролистывала очень быстро. Текст она никогда не читала — даже не понимала, как за него приняться, там было, как ей казалось, много лишних букв.

Только спустя много лет выяснилось, что красно-вишневый том — собрание пьес драматурга Островского, а картинки — портреты артистов Художественного театра, игравших в пьесах.

В ее будущем антикварном отделе ей виделись ряды кожаных переплетов ручной работы и особые стеклянные боксы, где поддерживается температура и влажность, чтобы книгам там, внутри, было хорошо. Она — мастерица придумывать — давно уже знала, как именно оформит этот зал: в духе старинного английского кабинета — с уютными молочными лампами, латунными штучками, стремянками, шкафами с раздвижными деревянными шторками и полосатыми стульями времен королевы Виктории.

Но прошло много лет, прежде чем антикварный отдел удалось организовать — в подвале, куда вела узкая, почти винтовая лестничка, и приходилось ждать, если навстречу уже кто-то шел. До кресел времен королевы Виктории дело не дошло, в подвале и так было слишком тесно, зато книг было множество, и какие!..

Здесь подбирали библиотеки скороспелые богачи, им нужны были непременно старинные и самые дорогие волюмы. Несчастные страдальцы были убеждены, что именно такие, старинные и дорогие, книги солидные люди получают по наследству. «Полученные по наследству» книги привозились в загородные особняки из магазина «Москва».

Здесь осторожно пополняли коллекции — кто-то собирал особые переплеты, кто-то книжные факсимиле, кто-то дореволюционного Пушкина.

Здесь за пуленепробиваемым стеклом были выставлены ювелирные шедевры — книги из золота и серебра, и еще инкрустированные изумрудами и рубинами. На изумруды с рубинами тоже был спрос, правда, Марина не слишком понимала, при чем тут книги!

Здесь докупали зеленые тома Голсуорси, восьмидесятого года выпуска, если из собрания сочинений что-то пропадало. Здесь продавали те самые книги, за которыми некогда стояли по ночам, отдавали последние деньги, бегали отмечаться в очередь на подписку. Книги все в тех же переплетах, знакомые до мелочей, как лицо старого друга, и объяснение Даши с Телегиным было по-прежнему на сто восемнадцатой странице, а бравый «Янки при дворе короля Артура» по-прежнему во втором томе, и в этом была не только ностальгия, сладость воспоминаний, но и как будто устойчивость мироздания! Времена изменились, империя рухнула, государство стало каким-то не таким, но янки-то по-прежнему на месте!..

Из антикварного отдела почти никогда не воровали — пытались, но эти попытки моментально разоблачались. Книги здесь были, прямо скажем, недешевые.

— Он один том утащил, — гудел охранник не переставая, и Марине хотелось отмахнуться от него как от мухи, уж больно назойливо гудел, — и под куртку спрятал. Ну, его камера зафиксировала, а обыскивать мы не имеем права, так что не стали, чтобы не орал, а вообще-то следовало бы...

— Где он?

— Да у нас в каптерке.

Марина поднялась по лесенке, ведущей во внутренние помещения магазина, приложила карточку к магнитному замку и распорядилась:

— Значит, этого ко мне в кабинет, а телевизионщиков пока задержите. Я в случае чего ими его припугну!.. А что он утащил?

Охранник отвел глаза и пожал плечами — он в книгах не разбирался. Он вообще не понимал, как можно своровать... книгу! Ну, ладно еще кольцо с бриллиантом, или деньги, или мобильный телефон свистнуть! Но книгу?! На что она нужна?!

Напустив на себя суровый вид, Марина поджидала преступника и, когда он вошел, удивилась. Он оказался интеллигентным дядечкой с бородкой, в невыразительной зеленой куртке с мехом из «искусственной собачки» на скособоченном капюшоне. Один глаз у него косил, и Марина поняла — наверняка от вранья, как написал кто-то великий.

Не дав дяденьке и рта раскрыть, Марина сказала грозно:

— Вы сейчас достанете книгу, которую взяли со стенда, и положите на стол.

Дяденька пожал плечами довольно уверенно, задрал бороденку и объявил, что никаких книг не брал.

— Мы давно за вами следим, — сымпровизировала Марина. — Вы ведь не первый раз примериваетесь!

Тут она поняла, что попала, потому что дяденька мельком глянул на нее и закосил глазом еще пуще.

— Что вы взяли?

— Я ничего у вас не брал, — забубнил он, — если хотите, вызывайте милицию, а я у вас ничего не брал! Обыскивать меня вы права не имеете.

На многоканальном телефоне у нее на столе зажглась красная лампочка — вызывала помощница Рита.

— Да, — сказала Марина в трубку.

— Марина Николаевна, он утащил второй том подарочного издания Бальзака. Там так ценник стоит, что можно подумать, что одна книга стоит семь тысяч рублей, а это цена полного собрания!

— Понятно, — протянула Марина, поглядывая на жулика. — Замечательно.

— Если нужно видео с камеры наблюдения, я вам файл скинула. Можете прямо сейчас посмотреть. Ну, в качестве доказательства.

— Да, спасибо.

Она положила трубку и спросила безмятежно:

— Вы поклонник Бальзака? И именно второго тома?

Дяденька загрустил, стал отворачиваться, но бормотать, что ничего не брал, не перестал.

— Значит, так, — сказала Марина, потому что он ей надоел и было противно. — Книгу на стол, и вон отсюда! Если еще раз увижу в магазине — отдам под суд. Это понятно?

Что-то такое, должно быть, было в ее голосе, что произвело на «искусственную собачку» впечатление, потому что, помотав головой из стороны в сторону, он вдруг запустил руку куда-то за шиворот, под тощий шарф, и выудил оттуда многострадальный второй том.

— Нате! — гавкнула «собачка» пискляво. — Забирайте! Только искусство, между прочим, принадлежит народу! Оболванили, обокрали, у нищих отобрали, а сами жируют, вона как!.. Цепных псов понабрали, камер понаставили! Мало вас передавили в семнадцатом году!

— Я не поняла, — перебила Марина. — Вы из идейных соображений, что ли, воруете? Вы Робин Гуд?

— Я простой советский человек! Я даже книгу вот не могу купить, воровать приходится! Ну, нету у меня денег, нету, а я читать хочу, читать!

— И непременно антикварные книги?! Или раритетные?!

Дяденька моргнул.

Если бы Марина была уверена, что он сумасшедший, она не стала бы с ним разговаривать.

Но он не был сумасшедшим. Наоборот, он был уверен в себе, негодовал вполне искренне, и казалось, что сам верит в то, что говорит.

— Отольется, отольется вам еще народное горюшко! Книги по семь тыщ, где это видано?!

— Разные есть книги. Есть по семьдесят рублей. А семь тысяч — это, кстати сказать, цена всего собрания, а вовсе не одного тома. Так что дали вы маху, да еще какого!

— Быть не может, — тягостно поразилась «искусственная собачка».

— Уходите, — велела Марина, на которую вдруг напала брезгливость. — Я вам серьезно говорю: если еще раз увижу, отдам под суд. У меня видео есть, на котором отчетливо видно, что вы воруете, и свидетель есть, который заметил, как вы Бальзака под мышку суете.

Про свидетеля она придумала и о том, что именно видно на видео, тоже понятия не имела.

Когда охранник вывел дяденьку-борца-за-народные-права из ее кабинета, она, морщась, открыла все окна, села и пригорюнилась.

1993 год

Все было как в кино.

По крайней мере, в жизни Марина ничего подобного не видела.

Ее магазин, ее любимое место, ее собственную территорию, которую она улучшала, поправляла, любила, на которую уходили все ее силы и деньги, и не только ее, но и Митины, — обокрали, да еще таким способом!..

— Марина Николаевна, что же делать? — все повторяла, как в бреду, молоденькая и неподготовленная к жизненным трудностям Маргарита, сотрудница отдела оргтехники.

Провались она пропадом, вся эта техника, ей-богу!..

— Марина Николаевна, но ведь все, все унесли, как же так?! Принтеров одних семь штук! Как же это так?! И еще телефоны только недавно привезли, немецкие, мне теперь голову оторвут...

— Никто тебе ничего не оторвет, — мрачно перебила ее Марина. — Если только я. Чтоб не рыдала. Если я оторву тебе голову, рыдать будет нечем.

— Как же мне не рыдать, если...

— Вот черт! Как это они охранную систему обошли, а? У нас же камеры стоят! — Сергей Иванович, совершенно растерянный, тоже смотрел на Марину вопросительно, как будто это она ограбила магазин и теперь давала мастер-класс по этому нелегкому, но интересному делу. — Как ты думаешь? И сигнализация не пикнула!

— Сигнализацию давно пора менять! — громче, чем следовало бы, огрызнулась Марина. — Я сколько раз говорила — это добром не кончится! Я и тебе говорила,

Сергей Иванович, и Мите! Но меня ведь никто никогда не слушает!

Эта правда была правдой не до конца.

Ее муж все время твердил про сигнализацию, а она только отмахивалась.

Сигнализация — отличная штука, но вот сейчас стены поправим, чтоб не падали, потолок подопрем, чтобы не рушился, проводку новую проведем, чтоб не горела, а там и до сигнализации руки дойдут, дайте срок.

Вот и дошли!..

Первым дыру в полу обнаружил пришедший в понедельник на работу охранник. Он снял магазин с сигнализации, зашел внутрь, и вывороченные доски и поднятый паркет посреди зала его удивили. Некоторое время он заглядывал в дыру, как в подпол, обходил со всех сторон, свешивал голову и думал, что это все может значить. Или уже капитальный ремонт начался, директриса все про него талдычит? Или трубы прорвало, и в воскресенье, может, специальную команду вызывали, вот она полы-то и вскрыла? Потом он дошел до секции оргтехники, где все было перевернуто вверх дном, еще немного подивился, а затем спохватился и вызвал начальство и милицию.

Первым приехало начальство, а милиция уже после.

Развороченная дыра в полу посреди торгового зала не давала Марине покоя. Она даже смотреть на нее не могла, словно на рану.

— Там без вариантов, — равнодушно сказал подошедший молодой мужик в милицейской форме. Марина не могла вспомнить, как его зовут, хотя он представлялся. — Через подвал зашли и полы подняли, видите, между перекрытиями. И все повынесли!.. Собачка, конечно, сейчас приедет, только, наверное...

— Что — наверное?! — Это Марина спросила, и Матвей взял ее за руку. Она высвободила руку. — Надо же искать!.. Во-первых, убытки какие, во-вторых, значит, таким образом кто хочешь может зайти и вообще все унести!

— Вот именно, — согласился равнодушный милицейский, — и зайти, и унести! Да вы не переживайте, может, собачка куда и приведет, только, скорее всего, она в переулок приведет, где машина стояла! Вряд ли они ночью столько барахла... то есть, извиняюсь, столько товара на себе перли!..

Рита из раскуроченного отдела оргтехники опять ударилась в слезы и отошла, чтобы директриса на нее не прикрикнула.

— А откуда они знали, что именно здесь перекрытий нет?! Там же монолитные плиты лежат! И как можно понять, где между ними есть промежуток?!

— Представляете они подкоп сделали, — объяснил милицейский, и Марина вытаращила глаза. О подкопах она в основном читала у Конан Дойла, а чтобы так проникали в современные магазины, никогда не слыхала.

— Из подвала соседнего здания прорыли проход в ваш подвал, — добавил милицейский хвастливо, как будто сам прорыл. — Должно быть, не один день работали! Соседний дом у вас на ремонте или как?

— Его продали недавно, — вступил Матвей хмуро, — и мы даже толком не знаем кому.

— Ну вот, ну вот, — как будто похвалил милицейский, — так я и думал. Так что собачку подождем, конечно, но сразу говорю, что надежды мало.

«Собачка» — огромная, черная как смоль, злобно скалящая желтые клыки мускулистая овчарка — вскоре прибыла, покрутилась в отделе оргтехники, потом поскреблась когтями в пол возле вывороченных досок, припала на передние лапы, вытянула волчью морду с трепещущими ноздрями и прижала острые уши.

Потом вскочила, покрутилась и сиганула вниз, в «подземный ход». Про который Марина думала, что такие бывают только в литературных произведениях недалёких писателей.

Худощавый парень, державший «розыскного специалиста» на поводке, крякнув, тоже полез под пол.

— А... как зовут? — осторожно поинтересовалась Марина у кого-то из милиционеров, задумчиво рассматривающих место преступления.

— Юра, он наш лучший кинолог.

— Нет, собаку как зовут? Тузбубен?

Вот, откуда-то взялся у неё в голове этот самый Тузбубен!

— Да нет, не туз, с чего вы взяли?! Это Дик, наш лучший поисковик! Может, и приведёт куда-нибудь, поглядим...

Дик на самом деле привёл в переулок, где, по всей видимости, стояла машина, а дальше не знал куда идти, и его вернули в магазин.

Собственно, несколько следующих дней он ночевал в магазине вместе с Юрой — пока ремонтировали полы, пока ставили новую сигнализацию! Просто так, без всякой охраны на ночь оставаться было опасно, и Юра с Диком несли караульную службу.

Все эти дни сотрудники магазина изнемогали от желания как-нибудь расположить к себе «собачку».

Еще бы, это же так интересно — самая настоящая служебная собака, как в фильме «Ко мне, Мухтар!».

Все «девушки», за исключением самых равнодушных или уж насмерть перепуганных, то и дело лезли к Дику то с конфетами, то с блинами, то с кусочком колбасы, который отщипывали от собственных скудных бутербродов.

Кинолог Юра поначалу терпеливо всем объяснял, что «он не возьмет, не приучен», а потом перестал, утомился, наверное.

Собака Дик оказалась гранитной скалой с железной волей. Он ничего не брал у посторонних, на заигрывания отвечал ледяным презрением, давал себя погладить, только если Юра ему приказывал, и, пока гладили, терпел изо всех сил, хотя брезгливость — до содрогания — была отчетливо написана на его черной, с желтыми подпалинами, морде.

А потом дыру заделали, сигнализацию провели, и Юра Дика увел.

Расставаясь, весь магазин желал им отличной службы, внеочередных званий, усиленного пайка и вообще счастья в личной жизни. Предпринимались последние попытки угостить неприступного красавца зефиром и печеньем «Юбилейное», но и эти попытки были отвергнуты.

В общем, без Юры и Дика стало скучно.

Марина торопилась с ремонтом, и мечты ее казались «маниловщиной» и дикостью не только сотрудникам, но и коллегам-книжникам. Она все толковала про какую-то свободную выкладку, про книжные супермаркеты Франции и Германии, про какие-то открытые стойки — как в библиотеке, подходи, смотри и хочешь, ставь на место, а хочешь, плати в кассу, — про передвижные книжные шкафы на колесиках, каких никто не видел, про металлические рамки в дверях, которые будут звенеть, если за книги не заплачено.

— Да где ты деньги возьмешь на всякие эти нововведения?! Да еще оборудование такое где достанешь?! Может, конечно, во Франции так и можно торговать, а у нас точно не получится, это я тебе говорю, а я на книгах всю жизнь просидел, — кричал Борис Львович, тоже директор. Магазин у него был огромный, а толку, с точки зрения Марины Николаевны, — нуль! Полмагазина он сразу сдал каким-то фирмачам, продававшим сомнительные джинсы и дамские лифчики и подштанники, а во второй половине, как в сельпо, у него причудливо сочетались книги, «изделия из пластмассы», то есть тазы, а также цветочные и детские горшки, канцелярия, мягкие игрушки, художественные альбомы и колготки.

— У тебя воровства будет не то что на миллионы, а на миллиарды каждый день! Какие-то рамки она придумала ставить, которые звенеть будут! Как же, станут они звенеть! И чего, чтоб они звенели, каждую штучку надо кодировать?! В компьютер заносить?! Да у нас вся бухгалтерия до сих пор на счетах считает, а когда я им про компьютер начинаю втолковывать — смеются! Видали, говорят, мы ваш компьютер, Борис Львович, в гробу! Мы лучше по старинке, на калькуляторах, так вернее будет! В нем, в компьютере этом, все данные пропадают, два экземпляра под копирку не сделаешь, в бланк ничего не впечатаешь, пока разберешься, какой стороной в устройство бумагу пихать, десять раз вспотеешь!.. Это ж тупая машина, Марина Николаевна! Кто только их придумал! Разве книги можно просто так по прилавкам раскладывать?! Да у тебя их все унесут, а те, что не унесут, все залапают, до дыр затрут! Торгуешь потихонечку, и торгуй себе, и так молодец, что не прогорела еще!

Но Марина решительно не собиралась прогорать и хвалить себя за то, что до сих пор не прогорела, считала бессмыслицей.

Кроме того, ее во всем поддерживал Матвей.

Он умел поддержать.

— Может быть, я ничего не понимаю в книжной торговле, — говорил он, — но зато я разбираюсь в организации работы. Любой. И знаю, как сделать так, чтобы люди были заинтересованы в том, что они делают. Если ты объяснишь людям, для чего затеваешь такую громадную переделку, и что ты хочешь от нее получить, и как все это будет на самом деле, у тебя все получится! И кредиты мы найдем, и народ за тебя встанет горой!

Но болезненное состояние, в котором жила страна в последние годы, перепутало все планы.

Наступило очередное обострение, и казалось, что этот кризис уж точно последний, страна его не переживет.

Сколько можно кризисов, каждый из

которых кажется смертельным, последним исходом?..

В октябре, дождливым серым днем, когда темно уже с утра, и мутные желтые огни отражаются в мокром асфальте, и хочется пить чай, задумчиво греть руки о чашку и ни о чем не думать, танки пошли на Белый дом.

Марина прибежала на работу и кинулась сушить волосы, потому что позабыла зонтик и сильно вымокла, а к мэрии тем временем валом валил народ, и у всех были мрачные, напряженные лица, горящие глаза и какие-то транспаранты в руках.

— Это свои? — тихонько спросила у нее Катя, пока она сушилась в закутке на втором этаже. Фен бодро гудел, и Марина прядь за прядью подставляла под теплую струю. Волос было много, и она сердилась, что они никак не высохнут.

В залитое дождем серое окошко, бывшее у них как будто под ногами, было видно мэрию, толпу, транспаранты и даже, похоже, какие-то металлические заграждения, перетянутые колючей проволокой. Баррикады, что ли, будут возводить?..

— Нет тут ни своих, ни чужих, — мрачно сказала Марина из-за занавеси своих волос. — Какие чужие! Страна-то одна!

Катя вздохнула.

— Это я понимаю, Марина Николаевна. Только у нас теперь президент с парламентом воюет, так?

— Так.

— А мэрия на чьей стороне?

— Мэрия, — отчеканила Марина, — на той стороне улицы. А мы на этой. Мы войной ни на кого не идем, у нас другие задачи!

Два года назад, в августе, она уже объясняла своим перепуганным «девушкам» про задачи, и уверяла, что танки не будут стрелять, и обещала, что все кончится хорошо, как будто это от нее зависело!..

В магазине весь день горело желтое электричество, и народ, собиравшийся на демонстрацию, то и дело забегал погреться. От гревшихся узнавали последние новости.

Говорят, что министр обороны вызвал в Москву Кантемировскую дивизию.

Говорят, что военные объявили, что не станут подчиняться «антинародным и преступным приказам», а это значит, контроль над армией потерян.

Говорят, что Хасбулатов призвал народ к оружию, и вроде бы где-то на Маяковской это оружие уже раздают.

Говорят, что к вечеру начнется.

Говорят, гражданская война — та самая, после которой случилась революция, — именно так и начиналась.

От прибегавших с улицы пахло дождем, дымом и жженой резиной. В скверике за памятником Юрию Долгорукому жгли костры, черный дым стлался по улице, застилал серое небо.

К вечеру стало понятно, что готовится что-то и впрямь очень серьезное и страшное. Танки — может, как раз Кантемировская дивизия, кто ее знает, — стояли по всей улице, люди плотным кольцом окружали каждый. В толпе шумели угрожающе, кричали: «Не пропустим убийц!» — и еще: «Солдаты! Вас обманывают!» Мальчишки-танкисты в мокрых шлемофонах смотрели с брони вниз, в толпу, и ощущение катастрофы, того, что мир вот-вот порвется, как кусок никому не нужной вчерашней газеты, и под гусеницами танков пропадет, погибнет вся прежняя жизнь, нарастало с каждой минутой.

К вечеру стало ясно, что инкассация не приедет и вся выручка останется в магазине.

Чего-то в этом роде Марина и ожидала.

Конечно, куда ехать! Да еще за деньгами! Машину не пропустят демонстранты, а отвечать потом за чужие деньги, да еще, может, собственной жизнью — кому это нужно?

Охранники, которых Марина про себя называла «вахтеры», тосковали с самого утра, как видно боялись, что директриса заставит ночью дежурить. А как дежурить ночью, когда и днем страшно! И чего дежурить, зачем, когда все, все гибнет, рушится, горит синим пламенем! Разве кому-нибудь когда-нибудь понадобятся книги, если война уж почти началась?!

Самый молодой из «вахтеров», сорокапятилетний Сергей Васильевич прямо среди дня ушел с работы «на баррикады», объявив, что его место там, где народ сражается за свободу, а вовсе не в подсобке книжного магазина.

— Я вас уволю, — сказала Марина совершенно спокойно.

Спокойствие давалось ей нелегко, но кто-то должен быть сильнее всех, это она точно знала с тех самых пор, как однажды на Приполярном Урале их маленькая группка заблудилась в пурге, и несколько часов все были уверены, что это — смерть. Они шли, монотонно переставляя лыжи, пригибаясь от ветра, почти вслепую, потому что снег лепил в глаза, и каждый думал, что идет... в смерть. Другой дороги нет. Другая дорога потеряна, и найти ее в такую пургу невозможно. Тогда им повезло, с ними пошел их самый первый инструктор Виталий Иванович, который и идти-то не собирался, а пошел, потому что любил ребят именно из этой группы. Тот, кто должен был отвечать за них в этом походе, отвечать ни за что не мог, у него началась почти что истерика, и его приходилось уговаривать двигаться, иначе бы он упал и замерз. Не то что Виталий Иванович все время рассказывал анекдоты и пел зажигательные песни, но он как будто совершенно точно знал, что еще немного усилий, еще немного монотонных движений, еще немного пурги, мороза и снега в лицо — и они выберутся. Самое главное сейчас не сдаться, не упасть в снег, не разрешить себе отчаиваться, и тогда все обойдется. У Виталия Ивановича не было в этом никаких сомнений, хотя, став старше, Марина поняла — были, и еще какие!..

Но он вел их и довел всех живыми до рая — охотничьей сторожки, где были стены, дрова, в общем, спасение!..

Кто-то должен делать вид, что сильнее всех, иначе выход только один — упасть замертво, умереть еще до того, как смерть придет на самом деле.

Перед самым входом в магазин «Москва» в бочке жгли какие-то бумаги. В скверике за Долгоруким, смотревшим на московскую смуту с высоты пьедестала и веков, которые отделяли его от нынешней суеты и возни, ломали деревья и тоже совали в бочку, и Марине ужасно жалко было этих деревьев, погибавших в огне.

Под вечер директриса всех отправила по домам, а сама осталась в магазине — охранять.

— Ты ненормальная, — устало сказал ей Матвей, когда они закрыли двери за последним сотрудником, — ты хоть понимаешь, что может здесь начаться?

За стенами как будто шумело море, рокотало приливом. Там двигалась, ревела и бунтовала многотысячная толпа.

Марина упрямо молчала.

Бабушка и мама всегда ругали ее за упрямство.

«Вредная какая девка! — в сердцах говорила бабушка. — Никогда по-человечески не сделает, все по-своему! В походы какие-то все налаживается уйти! Мать сказала: ни за что не пущу, так она обманом ушла! Нам соврала, что с подружкой на юг едет, и еще подговорила кого-то из Ялты телеграмму прислать, жива, мол, и здорова! А сама фьють!.. Только ее и видели! Уже в горах каких-то скачет! А там, в горах этих, кто только не пропал! Самое место там девушке, в горах-то!»

Марина клялась, что на следующий год непременно поедет в Ялту и будет проделывать там все, что положено проделывать девушке, то есть гулять по набережной с кавалером и есть мороженое в кафешантане. Наступал следующий год — и фьють!.. Только ее и видели.

— Давай так договоримся, — поглядывая на нее и заранее понимая, что дело гиблое, начал Матвей. — Давай я отвезу тебя домой и вернусь сюда.

— Что ты можешь сделать один?

— А что мы можем сделать вдвоем?

— Вдвоем лучше, чем в одиночку.

— Это ничего не изменит.

Марина подумала немного.

— Хочешь, я тебе чаю заварю? С сахаром и с лимоном?

— Откуда у нас лимон?

— Припасла, — тоном доставалы и ловчилы отвечала Марина Николаевна. — И вот что, Мить...

— Что?

Она ходила по тесному кабинету, наливала в чайник воду, доставала чашки и лимон.

— В общем, домой я не поеду, и ты меня даже не уговаривай.

— Я не буду тебя уговаривать. Я заверну тебя в ковер и отвезу силой.

— Ну, значит, я приеду обратно на метро, если оно еще ходит.

— А оно ходит?

— Откуда я знаю?! — рассердилась Марина. — А телевизор небось не работает.

— Во время любой революции первым делом следует захватывать почту, телеграф и телефон. Ну, в современной интерпретации, значит, телевизор. Ты об этом не знаешь, потому что ты маленькая и плохо училась в школе.

— Я в школе училась хорошо, но это было давно.

— Это было недавно, потому что ты еще маленькая.

— Митя, я не поеду домой.

Муж помолчал, а потом сказал грустно:

— У нас с тобой на двоих один мой пистолет. И я даже не уверен, что мы кого-нибудь напугаем этим пистолетом!

— А кого мы должны пугать? — бодро, чтобы, не дай бог, он не заметил, как ей страшно, сказала Марина. — Мы же в политических партиях, движениях и группировках не участвуем! Нам самое главное, чтобы мародеры в магазин не забрались! А мародеров вполне можно напугать... пистолетом. Да?

Матвей посмотрел на нее.

Она была очень храбрая и полна решимости отстоять свои книги, витрины, авторучки, блокноты, ее собственный мир, который был для нее так важен. Гораздо важнее любых революций.

Крошка Енот был маленький, но храбрый.

Впрочем, Матвей отлично знал свою жену и знал, что она упрямая — вредная, говорила теща! Он знал, что с ней тем не менее можно договориться, и что она отступит, если почувствует свою неправоту, и что она всегда слушает разумные доводы, и полагается на его точку зрения там, где он разбирается лучше. Еще он знал, что Марина никогда не вредничает просто так, из корысти, лени или скверности характера, что ей всегда все можно объяснить, и она будет старательно вникать в то, что ей объясняют.

Еще он знал, что не в ее правилах отсиживаться за чужой безопасной спиной, что бы ни происходило.

Она была слабой, когда болела, или страдала, или хотела заботы и внимания, или когда чего-то не понимала и шла к нему за разъяснениями.

Но когда стреляют — всерьез, не понарошку! — и неизвестно, как закончится эта ночь, глупо и невозможно уговорить ее остаться за крепостными стенами замка!

Она не останется.

Как там говорится?.. В богатстве и в бедности, в болезни и в здравии, в ведро и в ненастье... Нет, кажется, про ненастье ничего такого нет.

Должно быть, она знала, о чем он думает, потому что вдруг подлезла ему под руку, чтобы он ее погладил.

Он погладил, довольно рассеянно.

Это ее не устроило, и она поцеловала его в губы затяжным студенческим поцелуем.

— Митюшенька, ты не переживай, — бодро сказала она. — Я тебе обещаю, что все время буду у тебя на глазах и ни во что не стану вмешиваться. Просто у нас двоих больше шансов, правда!

— Да-а! — протянул ее муж. — Гораздо больше! Танк был бы лучше, конечно, но и ты сойдешь. Как фуражир.

— Как кто?!

— Как фуражир. Станешь заваривать мне чай и мазать бутерброды, пока я буду в дозоре.

— Мы побудем в дозоре, а потом вернемся и будем пить чай, и я буду фуражир. Договорились?..

«В дозоре» они были два дня и две ночи, две самые страшные ночи, когда баррикады перегородили Тверскую, когда танки стреляли по парламенту и Белый дом горел, когда штурмовали «Останкино», а программа «Вести» выходила из бункера, приготовленного на случай ядерной войны.

Потом, когда отвели войска, подсчитали потери, потушили пожары, смыли кровь с мостовых, собрали битые стекла, огляделись и протерли глаза, оказалось, что вся страна уже как будто «по ту сторону».

Пути назад нет.

Можно сожалеть о минувшем, простом и понятном детско-советском мире, но вернуться в него нельзя.

Марина поняла это особенно отчетливо, когда за разгромленный в Белом доме книжный киоск, принадлежавший магазину «Москва», не возместили ни копейки.

Конечно, была создана некая комиссия, которая должна была возместить всем пострадавшим службам убытки, конечно, эту службу возглавил некий депутат-правдолюбец, «из новых», видимо, имевший какие-то особые заслуги перед царем-батюшкой, только время чиновников, воровавших скромненько, с оглядкой на партконтроль и ОБХСС, прошло безвозвратно — недаром все проснулись в другой стране!

Разгромленного киоска, из которого «защитники», а может, «наступающие», одним словом революционеры, унесли все, что можно было унести, а что нельзя — разломали до основания, депутат, ясное дело, не заметил. И бумаг, которые подавал книжный магазин «Москва» в комиссию по возмещению, никто не заметил тоже.

У депутата выделенным бюджетным денежкам явно нашлось лучшее применение, чем спасение какого-то там книжного киоска!

Впоследствии этот депутат чего только не возглавлял, видимо, зарекомендовав себя как умелый «регулировщик денежных потоков»! Он возглавлял налоговое ведомство, и пенсионное ведомство, и кредитное, и еще массу всяких полезных ведомств, откуда тоже формировал денежные потоки в исключительно правильном направлении.

Государственные деньги отныне и навсегда стали принадлежать кучке оборотистых молодых людей, которые с гиканьем и уханьем начали весело и ненатужно делить их, ничего не боясь и никого не стесняясь.

Кажется, в научных книгах по марксистско-ленинской философии это называлось «дикий капитализм».

4

«А «Недоразумение Улицкого» — это современная книга?»

«Казус Кукоцкого», наверное. Да, современная!»

«Детская?»

«Взрослая!»

Диалог в книжном магазине «Москва».

После отъезда телевидения, но до приезда директрисы из Медведкова и людей из Совета Федерации Марина быстренько провела совещание.

В будущую среду предстоит «клубный день», когда магазин закрывается не в час ночи, а в восемь вечера, и приезжают «члены книжного клуба», самые верные, самые постоянные покупатели и просто друзья.

Марина придумала эти самые «клубные дни», когда можно без толчеи и давки сколько угодно бродить между книжными полками, рассматривать, подчитывать, ставить на место, опять бродить, относить на кассу, кренясь на один бок под тяжестью выбранных книг.

На такие мероприятия съезжались истинные любители, получавшие удовольствие не только от книг, но и от общения друг с другом.

Одна заполошная актриса, игравшая в кино все больше хорошеньких дурочек, всегда приезжала со списком. В этом списке «клубные дни» были помечены на год вперед и против каждого написано, что именно в этот раз покупается.

В тот раз мемуары, в этот раз изобразительное искусство Древнего Египта, а в следующий будут книги о зверях для дочери.

— Ты представляешь, — говорила она Марине, которая посмеивалась над ее списком, — я и так и сяк себя заставляю, видишь, даже график составила! И ничего у меня не получается! Мне всего хочется! Вот я сейчас должна Египет просматривать, а меня, ну просто невозможно как, тянет к новой Марининой! И еще я хочу Бидструпа и альбом «История лучших горных восхождений» для Димки! Ну, что мне делать?

— Покупай Египет, Маринину и «Восхождения» с Бидструпом!

— Марин, ну ты понимаешь, что ставить некуда! Ну, ведь некуда ставить! У нас даже под кроватью книги! — говорила актриса, подбираясь к Бидструпу. Маринина уже лежала у нее в корзине. — И половина денег на книги уходит! Лучше б этот твой магазин совсем закрыть!..

На совещании как раз обсуждали предстоящий «клубный день» и студенческие скидки, которые очень продвигала Марина Николаевна. Скидки получили все студенты без исключения, и два раза в год, после сессии, самых активных награждали подарками.

Марина, страсть как не любившая никчемных подарков, всегда билась за них, словно лев.

— Сергей Иванович, — говорила она заместителю, — значит, так. У нас победителей всего три. И мы вполне можем себе позволить подарить им что-нибудь по-настоящему ценное. Ну, я не знаю! MP3-плеер, телефон, флэш-карту для компьютера! Ты в прошлый раз что предлагал дарить, помнишь?

Заместитель пробормотал, что не помнит, хотя помнил прекрасно.

— Ты тогда купил картину с видом арбатских переулков, полное собрание сочинений Моцарта на CD и ежедневник в кожаном переплете. Нет, само по себе это прекрасно, но для студенческих подарков не годится!

Заместитель признался, что не годится.

— Времена сейчас непростые, это всем известно, — поглядывая на собравшихся в кабинете, продолжала Марина Николаевна. — Нужно поддерживать людей, которым совсем несладко. И книги нынче недешевые!.. И если в прошлом году человек мог позволить себе купить книжку и этого не заметить — подумаешь, двести рублей, не деньги, — то сейчас никто особенно не размахивается. Если мы порекомендовали книгу, а она оказалась плохой, или покупатель ждал чего-то другого, или нам некогда было его выслушать, когда он объяснял, что именно ему нужно, это значит, что в следующий раз он в магазин не придет. И я надеюсь, это все понимают. Это все понимают?

— Эх, Марина Николаевна, — отозвалась смешливая Катя, — вы лучше скажите, когда времена были простые! И сейчас непростые, и пять лет назад непростые, и когда ремонт делали, были непростые, и когда у нас все витрины футбольные фанаты побили, тоже были непростые. Это какой год был, я не помню?

— Две тысячи второй, — буркнула Марина, — чемпионат мира по футболу. Не помнит она! Вот я его до самой смерти не забуду, этот чемпионат мира!..

— Да это я к чему, — моментально нашлась Катя, — это я к тому, что всегда что-нибудь случается, и всегда не вовремя! Вот сейчас кризис случился, и тоже не вовремя!

— Это точно, — согласилась Марина. — Сергей Иванович, не забудь мне показать, какие ты подарки придумал!

— Есть. Покажу.

— Значит, всем спасибо, все на рабочие места.

Время, оставшееся до появления генерального директора издательства «Слава» и неизвестных ей людей из Совета Федерации, Марина употребила на чтение бумаг, которые утром ей подсунула Рита.

Бумаги были как бумаги, ничего нового или необычного Марина там не вычитала. Непонятно, что именно понадобилось от нее Волину, да еще так срочно!..

Рита, несколько раз осторожно заглядывавшая в дверь, обнаружила, что Марина закрыла папку, и быстренько внесла поднос.

На подносе были большая чашка кофе и большой бутерброд.

— Я худею, — объявила Марина Николаевна, с вожделением поглядывая на бутерброд. — Ты же знаешь!

— Знаю, — согласилась Рита, подвигая бутерброд и чашку поближе. — Еще я знаю, что вам надо поесть.

— Мне надо похудеть.

— Я же не предлагаю вам торт!..

Марина взяла бутерброд, вздохнула и откусила изрядный кусок.

Стало так вкусно, что она даже зажмурилась.

Рита тихонько убралась за дверь праздновать победу. Если подсунуть Марине Николаевне бутерброд не удавалось, наступал небольшой локальный конец света. Она, некормленая, начинала капризничать, сердиться, чуть не плакать, жалеть себя и свою впустую пропадающую жизнь. В такие минуты с ней мог справиться только Матвей Евгеньевич, который ни капельки ее не боялся и сразу принимался кормить.

Поглядывая на бумаги, Марина медленно, смакуя, как будто это был бог весть какой деликатес, доела бутерброд и взялась за кофе. В конце концов, гадать, что понадобилось от нее одному из самых крупных в России издателей, — дело неблагодарное, и она стала думать о предстоящем юбилее магазина. Пятьдесят лет, целая жизнь!..

Юбилей, дело хлопотное и многотрудное, намеревались провести в два этапа.

Первый, для «высоких» гостей, в Третьяковской галерее, где будет организована небольшая выставка книг и фотографий, и еще что-нибудь веселое, шуточный аукцион к примеру.

Второй, для «нормальных» гостей — книжников, коллег, партнеров, — в каком-нибудь ресторане или концертном зале, если подходящий ресторан не удастся сыскать!.. Места нужно много, народу ожидается масса, так что, пожалуй, найти будет сложно.

Марина точно знала — не только из русской литературы, но еще и из собственного опыта, — что самый лучший праздник тот, где гостям кажется, что увеселения, стол, развлечения и прочее не стоили хозяевам ни минуты внимания. Хорошо и весело как будто само по себе, гостям в радость, и хозяевам в удовольствие. Следовало организовать все так, чтобы не только всем хватило еды и питья и было удобно сидеть, но чтоб никто не искал гардероб, туалет, не мыкался с шубой в руках и туфлями в пакете, не зная, куда приткнуться, чтобы микрофоны «не фонили», чтобы музыка не слишком орала, чтоб подарков хватило на всех, чтобы было где покурить, и чтобы там, где курят, было на чем сидеть, и так далее и тому подобное. Марина входила во всё, до самых мельчайших подробностей, советовалась, совещалась, уточняла, распределяла, выслушивала доклады и отправляла письма. Сотрудники обижались на въедливую начальницу — они и сами с усами, все могут, все умеют, научились давно, но она умела думать как-то так, как никто из них не умел.

Вот вчера выяснилось, что микрофона предполагается только два. Один — ведущему, а второй — поздравляющему, все логично!..

— Позвольте, — сказала Марина Николаевна, — а если поздравляющий выйдет не один? У нас сколько магазинов, где, например, два совладельца? И они на все праздники вместе приезжают! Они что, микрофон будут друг другу передавать, что ли?..

Так и вышла из этих микрофонов история!.. Главное, мелочь какая-то, чепуха, а настроение может испортить и гостям, и хозяевам!

Приехавший минута в минуту издатель Волин хотел, чтобы Марина Николаевна поддержала в Российском книжном союзе его программу развития чтения, которая почти ничем не отличалась от предыдущей программы, той, что год назад предлагала сама Марина.

Несмотря на то что Марина Николаевна считала себя тертым калачом, такие вещи ее все еще изумляли.

Приехал человек, с которым они и знакомы-то «постольку поскольку», привез с собой еще одного, вовсе не знакомого! Представили его невнятно — Сидор Семенович, а может быть, Сергей Савельевич! Внятно прозвучало только могущественное словосочетание «Совет Федерации», которое, видимо, должно было поразить Марину в самое сердце, но не поразило.

Приехал человек, привез программу, которую его помощники своровали из

Интернета, и теперь выдает ее за свою, да еще какой-то поддержки хочет — абсолютно искренне!.. И его нисколько не смущает, что программа сворованная.

Марина даже не дослушала до конца.

— Слав, — перебила она, глядя издателю в глаза, — ты что от меня хочешь? Чтобы я сделала вид, что ничего не понимаю, и уговорила бы всех остальных членов Книжного союза тоже сделать вид, что они ничего не понимают?

Лицо у издателя вдруг дернулось, и безупречно выбритые щеки чуть-чуть покраснели.

Тот, второй, то ли Сидор Семенович, то ли Савелий Сергеевич, с увлечением рассматривал полку, на которой у Марины стояли всякие забавные фигурки с книжками — то ли от неловкости рассматривал, то ли потому, что разговор его на самом деле не интересовал.

— Я вот что хотел, Марина... Программа чтения ведь все равно необходима, и ты сама знаешь, что народу нужно объяснить...

— Что читать полезно для ума, — закончила за него Марина. — Только ведь дело не в народе, а, Слав? А в том, что программа — это госбюджет, финансирование и всякие прочие радости жизни.

Это я все понимаю. Только не понимаю, при чем тут я?!

— Марин, если ты о том, что в нашей программе многое заимствовано из твоей, так это просто мои орлы...

Марина терпеть не могла выражений типа «мои орлы»!..

— Наплевать, что эти твои орлы чужое своровали, — сказала она жестко, — это ваше дело, не мое. Но хоть воровали бы грамотно, что ли!..

Когда за Волиным и тем самым с неясным именем-отчеством закрылась дверь, Марина, насупившись, посмотрела на портрет Высоцкого, висевший в простенке. Почему-то ей было стыдно именно перед Высоцким — за то, что тот слушал такую ерунду!

Этот портрет Марина Николаевна много лет назад выклянчила у администратора Театра на Таганке. В театре шел ремонт, и все портреты и фотографии за ненадобностью были свалены в какой-то подсобке. Студенты, и Марина в том числе, обожавшие и Таганку, и Высоцкого, и Любимова, подрабатывали гардеробщиками, уборщиками, рабочими сцены, неважно кем, лишь бы быть ближе к кумирам, к той кипучей, искренней, настоящей жизни, которая только и была тогда в этом театре! Вернее, не просто «была», а била, била ключом!.. Там постоянно совершались маленькие революции, там ставили Булгакова и читали Вознесенского, там можно было дышать полной грудью, жить изо всех сил, а не из-под полы!..

А когда начался ремонт, все сдвинулось с мест, было свалено в углы, задвинуто в коридоры и кое-как прикрыто газетами — хорошо, если прикрыто! — Марина решила, что портрет непременно пропадет, если его не спасти.

И она его спасла.

Вдвоем с подругой Алкой они разыскали администратора, которому было не до них и не до каких-то там портретов, и долго шатались за ним, объясняли, что им, собственно, нужно, ныли, скулили и уговаривали. Замученный администратор никак не мог взять в толк, чего они от него хотят, а когда понял, что им не нужно ни контрамарок, ни прибавки к вознаграждению, которое им платили за работу в театре, а хлопочут они всего лишь из-за портрета, махнул рукой и сказал — забирайте!

Гордые, они вынесли портрет и тащили через всю Москву, потому что в метро с таким «габаритным грузом» их не пустили, и с тех самых пор Высоцкий всегда висел у Марины в кабинете, хотя кабинетов за эти годы сменилось множество!

Иногда, как сегодня, Марине было перед ним стыдно.

И она позвонила мужу. Она всегда так делала, когда хотела отделаться от дурных мыслей или плохого настроения. Матвей удивительным образом умел уравновешивать ее отношения с окружающим миром. Стоило только ему позвонить, и настроение неизменно улучшалось и жизнь переставала быть несправедливой.

Матвей был очень озабочен.

— Ты знаешь, я никак не могу купить Цезарю носок. Вот уже целый час в магазине, и все ни с места!

— Какой... носок? — не поняла Марина.

— На лапу, — нетерпеливо объяснил муж. — Он же поранил лапу!

— Ну да, я знаю. А какой именно носок ты ему покупаешь?!

— Не знаю, — признался Матвей. — Обыкновенный. Мне ветеринар сказал — купите носок, иначе заживать будет очень долго!

— Ну?

— Ну, я и пытаюсь купить носок! Я говорю — дайте мне носки для мальчика! А они спрашивают, сколько мальчику лет. Я отвечаю, что мальчику год, а весит он килограммов семьдесят. А они говорят: что это у вас за мальчик, который в год весит семьдесят килограммов?!

Марина покатилась со смеху.

— Митюш, а ты не сказал, что мальчик — собака?!

— Нет. А ты думаешь, надо?..

— Я думаю, надо спросить у этого твоего ветеринара, что он имел в виду! Мы же с тобой такие знатные собаководы! Может, это какой-то специальный носок и его надо покупать в магазине для собак?

Матвей помолчал немного, потом все же засмеялся.

— Вот на Севере собакам никаких носков не надо! — Матвей много лет проработал на Крайнем Севере и все время сравнивал ту, прошлую «северную» жизнь с московской, и все не в пользу московской! — Хотя они и по льду, и по снегу, и где только не ходят!.. А здешние избалованные городские жители, а не собаки!

— Цезарь — нормальная загородная собака, — возразила Марина, — и вовсе он не избалованный. А то, что всякие сволочи кругом стекло битое кидают, даже в чистом поле, так Цезарь тут ни при чем!

— А ты чего позвонила? — помолчав, спросил ее муж. — Просто так или что-то случилось?

— Ничего не случилось, — бодро ответила Марина Николаевна. — Просто я по тебе соскучилась.

1995 год

Когда открыли двери и народ повалил валом, при входе образовались водоворот и в некотором роде давка. Марине все хорошо было видно с ее «капитанского мостика», ступенек, ведших во внутренние помещения магазина.

— Проходите, проходите! — уговаривали охранники, приодетые ради праздника в парадную форму: белые рубашки и черные костюмы. От «вахтеров», бросивших когда-то магазин на произвол судьбы, директриса давно избавилась. — Проходите, пожалуйста, не толпитесь!..

Но где там проходить!

Открывавшееся зрелище обновленного магазина заставляло людей останавливаться и просто глазеть, удивляться, даже ахать!..

И этот восторг так радостно, так здорово было наблюдать!

Марина, накануне обошедшая весь зал самообслуживания, заглянувшая на каждую полку, проверившая каждый стеллаж, тоже вот так бы стояла целый день и любовалась!..

Обновленный зал получился очень красивым, не то что прежний, казавшийся маленьким и темноватым!.. В этом, новом, было много света, праздничного, яркого! Стеллажи подсвечивались особенным точечным образом, Марина подглядела такую систему подсветки в Германии, в огромном книжном супермаркете. Казалось, что обложки сами по себе излучают свет. Книги на полках стояли солидно, плотно, как на европейских книжных выставках, и в центре на особой стойке выложены были новинки, которые Марина специально приберегала для открытия этого зала. Стойку можно было обойти со всех сторон, взять любую книгу, открыть, пролистать, положить на место и взять следующую, и так сколько угодно — дело неслыханное и совершенно новое!..

Все книги были с защитой, сколько времени и сил ушло на эту самую защиту! При входе в зал поставили рамки, которые начинали звенеть, когда книги пытались вынести без оплаты. Марина сама несколько раз проходила в рамку то с одной, то с другой книгой, и рамка исправно звенела, а когда на кассе «защиту» снимали, звенеть переставала на самом деле!

И это было так замечательно, так непривычно!

Даже Борис Львович, скептик и вечный Маринин недоброжелатель, прибыв три дня назад посмотреть обновленный зал, не придумал ничего лучшего, чем сказать:

— Ну, ты, мать, даешь!..

После этого он длинно присвистнул, обошел весь зал и уехал, совершенно расстроенный.

Никто не верил, никто, а она верила, и у нее, кажется, все получилось.

Никто не хотел давать денег на ремонт, качали головами, отказывали, призывали еще раз подумать и все хорошенько взвесить. Она уверяла, что давно все продумала и взвесила, и, в конце концов, уговорила кого-то из банкиров, кредит дали! И теперь, кажется, подтвердилось — дали не зря.

Никто не понимал — зачем?! Зачем продавать книги каким-то странным, новым, невиданным способом, когда и старый вполне сойдет, и где взять столько книг, чтобы от пола до потолка уставить ими огромный зал?! Она одна понимала, что будущее именно за такими магазинами, и не ошиблась.

Марина все стояла на ступеньках и смотрела в водоворот людей, закручивающийся у двери.

Книжный супермаркет, неслыханное дело!

Как можно продавать книги... свободно?! Где это видано, где это слыхано?! Говорят, что так продают в Европе, но у нас-то особый путь, всегда и во всем, еще тот самый вождь велел нам «идти другим путем», вот с тех пор все и идем! У нас нельзя давать книги народу в руки, все растащат, растреплют, живого места не оставят! А продавцы?! Тогда всех до одного уволить нужно, если покупатели сами-то книжки будут брать! Заграничное слово «консультант» вызывало у всех некоторое сомнение.

— Марина Николаевна, народу-то сколько, — придушенным от восторга голосом простонала из-за плеча Катька, — у нас никогда столько не было!

— Подожди, посмотрим, сколько за сегодняшний день наторгуем, — остановила ее Марина и поискала глазами подходящую деревяшку, чтоб постучать — вдруг сглазит!

На свой страх и риск Марина осторожно разместила рекламу — книжный магазин «Москва» начинает новую жизнь. Открывается первый в России зал самообслуживания, приходите посмотреть. Именно тогда она придумала такой тон общения с покупателями, как будто многотысячная толпа, наводнявшая магазин ежедневно, — сплошь друзья, единомышленники, почти родственники, объединенные любовью к книгам. И с тех пор этот тон — в рекламных обращениях, в плакатах, призывающих людей читать, в буклетах и брошюрах — никогда не менялся.

Мы с вами. Мы любим книги. Мы совсем рядом.

Книги — лучшее, что есть у человечества. В книгах есть все, что нужно. А у нас есть книги.

Приходите.

Какое-то давнее заседание припомнилось ей, давнее, но не забытое. На заседании некий чиновник объяснял книжникам «законы рынка», про которые тогда еще мало кто слышал и уж совсем никто в них не разбирался.

— Вы поймите, — говорил с трибуны оратор, — времена изменились! Теперь нет никакой разницы, что продавать, книги или унитазы! Законы продаж для всех одинаковы!

Трепещущие книжные дамы в высоких прическах, знатоки своего дела, проработавшие в книжной торговле по тридцать лет, и перепуганные книжные мужчины в консервативных пиджаках, всю жизнь учившиеся продавать именно книги, переглядывались растерянно.

Унитазы?! Позвольте, как это возможно?!

Марина тогда тоже растерялась и с места попробовала возразить — а как же специфика?! А как же образование?! А кто тогда правильно подберет ассортимент в историческом отделе и кто объяснит покупателю, чем отличается хрестоматия от антологии и что Левитанский и Антокольский — разные поэты?!

— Нет никакой специфики! — грянул с трибуны оратор. — Самое главное — маркетинг, во всем мире это известно, а у нас сплошная серость и отставание! Книги, унитазы и стиральный порошок — просто товар, про это еще Филипп Котлер писал!

Марина не знала тогда, кто этот всемогущий человек, но всей душой воспротивилась... унитазам! Нет, само по себе это неплохо и даже совершенно необходимо, но, простите, вовсе из другой жизненной сферы! Что бы ни писал Филипп Котлер, исторический отдел из унитазов вряд ли сформируешь, а книги никто и никогда не станет расставлять на полках в соответствии с ценой или, к примеру, со страной-производителем!

Оглядывая свой обновленный магазин, Марина как будто ехидно спрашивала у них обоих, у того самого чиновника и непосредственно у Котлера — ну что, съели?! Дайте время, мы переоборудуем весь магазин, мы еще подучимся, поспрашиваем, посмотрим, поездим на выставки, прикупим оборудование, продлим время работы, заведем в компьютер весь ассортимент, переучим персонал, объединим в единую базу данные обо всех книгах, которые есть у нас на складах. Прикинем, оценим, придумаем новые отделы — хорошо бы антикварный! — поставим стеллажи с журналами, заведем фирменные пакеты, устроим специальные курсы, где будем учить молодежь продавать именно книги!

А унитазы пусть продает кто-нибудь другой!

Кстати, об унитазах...

Один выдающийся экземпляр Марина на днях притащила из Швейцарии в буквальном смысле на руках. В книжном магазине в Медведково задумывалось литературное кафе — им хорошо, у них места много! — и Марина решила, что рядом с кафе, помимо обыкновенных мест общего пользования, нужно непременно оборудовать туалет для инвалидов. Но в Москве — и нигде в России — не продавали и не делали ни унитазов, ни поручней, ни пандусов, ни рычагов. Должно быть, в Швейцарии наличие инвалидов признавалось, и там, в Швейцарии, было принято им помогать и стараться сделать их жизнь чуточку проще, а у нас... у нас инвалидов нет!

Однажды в метро Марина услышала, как здоровенная запыхавшаяся деваха в сердцах громко сказала какому-то старичку, ковырявшемуся возле поручней с палочкой:

— Лучше б ты в молодости помер! — И, задев его монументальным плечом так, что со старичка упала шапка и носом он почти въехал в мраморную стену, двинула дальше по своим делам.

Марина сбежала по ступеням, подняла шапку, отряхнула и подала:

— Возьмите, дедушка...

— Спасибо.

Ему было, должно быть, лет двадцать, а может, и меньше, и он улыбался Марине веселой улыбкой, благодарный, что ему не придется тащиться вниз, спасать свою шапку.

— Простите меня, — сказала Марина и отвела глаза от юного улыбающегося лица.

— Да ничего.

Он нахлобучил шапку и снова заковылял вверх по ступенькам, тяжело опираясь на палку и еще подтаскивая себя правой рукой. Рука соскальзывала с гладкого поручня, и ему приходилось несколько раз перехватывать, чтоб не упасть.

Вот тогда Марина поклялась себе, что у нее в магазине все будет — и пандусы, и место, где посидеть, и специальный унитаз, будь он неладен!

Купить его оказалось не так-то просто, только по заказу, но Марине некогда было ждать, и она выпросила выставочный экземпляр, который не продавался, но она так убедительно просила, что швейцарцы, переглянувшись и пожав плечами, отдали ей этот, с витрины.

И она долго искала грузовое такси —

мадам, вы уверены, что вам нужен именно грузовик? Мадам, это не слишком дешево! Мадам, может быть, вы оформите специальную доставку? И нашла, и потом базарила со службами в аэропорту, которые отказывались принимать в багаж такую громоздкую вещь, и снова убеждала, уговаривала, просила! А в Москве ее встретили Митя и шофер на магазинной «Газели», и они втроем волокли коробку в человеческий рост сначала по асфальту, потом по снегу, а потом, откинув борт, грузили в кузов — мужики подавали, а Марина принимала!

Теперь Марина была очень озабочена тем, чтобы с таким трудом добытый унитаз правильно и грамотно установили — до этого ей тоже было дело...

— Пойду туда, Марина Николаевна, — сказала Катька и стала спускаться по ступенькам, — сил моих больше нет. Вы посмотрите, сколько народу!..

Вечером был «пир на весь мир», как это называл Матвей.

В столовой, которую отремонтировали в первую очередь, чтобы люди в обед отдыхали, а не раздражались, были накрыты столы, уходившие за горизонт. Приглашенные повара — пир так пир! — сбились с ног.

В магазинном пищеблоке праздновали продавцы, кассиры, товароведы, охранники, грузчики, шоферы, банкиры, страховщики, один министр, одна вице-спикер с мужем, глава аудиторской конторы, несколько сенаторов, издатели и пара знаменитых писателей, враждовавших между собой. Марина знала, что они враждуют, но все равно позвала обоих, и не ошиблась. В два счета они надрались и принялись длинно, интересно рассказывать друг другу и всем желающим слушать историю русской и мировой литературы. Они были веселые, умные, начитанные, молодые и талантливые мужики, которые нынче, в подвале книжного магазина «Москва», решительно не могли вспомнить, из-за чего они враждуют, и, наговорившись, затянули песню «Как здорово, что все мы здесь сегодня собрались!», ибо именно эту песню затягивают на всех мероприятиях, где хорошо сидится, весело пьется и вкусно естся!..

— Спасибо всем, — сказала Марина Николаевна, когда в пятый или восьмой раз пришла ее очередь говорить тост, — еще раз всем большое спасибо! Всем, кто в нас поверил, кто не побоялся дать денег в кредит, кто ставил нам новое оборудование, кто писал компьютерные программы! Спасибо всем, кто помогал, и всем, кто работал день и ночь для того, чтобы сегодня этот зал открылся. И еще я хочу сказать, что это только начало. Все самое главное впереди!..

5

«А где учебники?»

«В следующем зале. Там написано «Учебная литература».

«Спасибо».

«Я просил Платона, Аристофана и Софокла, а мне принесли только Софокла!»

«Одну секундочку, пожалуйста».

«Девушка, девушка, а где алгебра для седьмого класса?»

«А мне бы КЗОТ и Конституцию Российской Федерации!»

«Девушка, а у вас есть обычные книжки... я забыл, как называется... ну, чтобы просто почитать!»

Разговор в книжном магазине «Москва».

Вдруг ни с того ни с сего прилетела подруга Маня. До визита писателя Анатоля Гросса оставалось полчаса.

Рита заглянула в дверь и сказала весело:

— Марина Николаевна, к вам Маня Поливанова.

Маню все называли Маней и неизменно радовались ее приезду — такое она производила на людей впечатление.

Следом за Ритой в дверь просунулась Манина краснощекая улыбающаяся физиономия — не в силах ждать за дверью просто так, Маня уже сняла куртку и держала ее в кулаке и пританцовывала от нетерпения, каблуки цокали, как будто лошадь гарцевала в приемной.

В Мане был метр восемьдесят, и она неизменно надевала каблуки, чем выше, тем лучше.

— Ты не представляешь, — говорила она Марине Николаевне, тараща правдивые глаза, — как я всю жизнь мучилась!

Марина никак не могла поверить, чтобы Маня всю жизнь мучилась, но та кивала, подтверждая — мучилась, мучилась! — и откусывала от шоколадки. Она все время поедала шоколад.

— Все мужики всегда были ниже меня! Ну, всегда! Я в школе была... как это... я забыла... правофланговая, вот кем я была! Я стояла как дура самая первая, и все остальные были ниже меня, и на танцах меня никогда не приглашали! И только теперь я поняла, что метр восемьдесят —

это не моя проблема, это проблема тех, кто ниже!

Марина вылезла из-за стола, схватила гарцующую лошадь Маню за руку и втащила в кабинет:

— Да входи уже!

— Да я без приглашения не могу! Ты же знаешь, я деликатная.

— О да! — согласилась Марина Николаевна. — Кофе, Ритуль! Дай Мане кофе поскорее!

Маня не только ела шоколад, но еще пила кофе и непрерывно курила. Собственно, ей, одной из немногих, разрешалось курить в Маринином свежем, чистом, белом кабинете, где «бычки» в пепельнице казались святотатством и оскорблением.

— Марина, скажи, что будет? — потребовала Маня, бросаясь в кресло. — Только честно, как на духу!

— А что... будет? — не поняла Марина.

Маня вытаращила на нее глаза, словно на полоумную.

— Как?! Кризис на дворе, катастрофа! Все радиостанции говорят, что скоро конец света. Может, уже пора в Пензенскую губернию, в пещеру?

Марина покатилась со смеху:

— Еще пока рано. Я тебе тогда позвоню, вместе поедем!

Маня, позабыв про кризис и катастрофу, вдруг заныла:

— Слушай, ну, когда, когда мы с тобой уже куда-нибудь поедем, а? Я больше не могу! У тебя есть книжный магазин в Тамбове? Или в Сердобске?

Марина подумала немного.

— В Сердобске нет, а вот в Смоленск мне надо. Поедешь?

Маня, отхлебнув из чашки, которую перед ней поставила Рита, истово закивала.

Маня Поливанова писала романы. Их издавали, продавали и даже читали, и время от времени Марина брала Маню с собой... проветрить.

Марина, больше всего на свете любившая дорогу, большие скорости, новые места и приключения, по своим многочисленным книжным делам старалась ездить только на машине, ну, если не три тысячи верст, конечно, и в лице писательницы Поливановой всегда встречала полное понимание и поддержку.

Писательница Поливанова была готова ехать куда угодно, лишь бы подальше и лишь бы посильнее трясло!

Таким образом за лето им удавалось

съездить на Волгу, потом в Архангельск, заехав по дороге в Мурманск и Питер, потом в Суздаль, ну и во Владимир, конечно, а на закуску в Михайловское, глотнуть пушкинского воздуху.

Маня взяла с подноса шоколадку, развернула, засунула ее за щеку и вдруг вспомнила:

— А точно конец света еще не скоро?

— Мань, у тебя же образование хорошее! Какой еще конец света, а?

— Какой, какой! Такой!

— А хоть бы и конец света, — легкомысленно сказала Марина. — Тогда уж совсем бояться нечего! Потому что тогда все вместе, одним махом, всей компанией и в одно и то же место! Поди, плохо?

Маня задумалась.

— И правда, ничего, — вдруг согласилась она грустно. — Когда всей компанией, как ты выражаешься, то и не страшно. Не страшно же?

— Нет, не страшно.

— Слушай, а в Смоленске у тебя какие дела? И когда ты собираешься?

Марина засмеялась:

— Да я так особенно не собиралась, пока ты не явилась! А вообще там большой книжный магазин, и директор просит его проконсультировать. Он по структуре очень похож на наш. По-моему, даже площадь такая же.

— Да ладно! В Смоленске такой огромный книжный?!

— И говорят, что очень хороший, между прочим!

— А ты уже справки навела? — спросила писательница Поливанова и, запрокинув голову, вылила в рот остатки кофе. — Слушай, Маринка, ну, какая ты молодец, а? Ну, вот я совсем плохо организованная! А у тебя все получается!

— У тебя тоже все получается.

— И романы я пишу плохие, — понурившись, повинилась Поливанова. — Недавно опять обозвали «чтением для сортиров»!

— Да тебе-то какая разница, как обозвали?! Тебя первый раз обозвали, что ли?!

— Да не первый, но все равно всегда... обидно.

— Обидно, — назидательно сказала Марина, — это когда ты пишешь, а тебя не издают и не читают! А тебя издают, и тиражи у тебя — дай бог!..

— Это теперь не модно, — возразила Маня. — Опять в моде самиздат. Только сейчас это называется блог. Ты не ведешь блог, Марина Николаевна?

— Боже сохрани.

— А я уж было совсем решила вести, — призналась Маня, — только как подумаю, что я вместо детектива начну с утра до вечера истории закатывать, как я кофе пила, а потом в окно смотрела, а потом про конец света думала, так мне, веришь, нехорошо делается. Вот и не веду я блог.

— А ты чего приехала-то?

У Мани вечно была куча дел, и просто так она заезжала нечасто.

— Как?! — поразилась Поливанова. — Ты так и не поняла?! Я приехала, чтоб ты меня спасала. У меня депрессия, разве не видно?

Марина посмотрела оценивающе.

— Видно, — согласилась она, чтоб не расстраивать писательницу. — А она у тебя на какой почве? Про кризис и конец света я поняла, а еще что?

— Ну, и этого уже достаточно.

— Конец света я отменила, — объявила Марина, — а кризис отменить не могу. Он уже случился. Только ведь и в кризис люди книжки читают, лишь бы хорошие были!

— А у меня-то плохие!

— Да кто тебе сказал?! Хочешь, сейчас попросим Риту, она тебе откроет данные по нашим продажам, ты очень даже неплохо продаешься, хотя детективы — это не совсем наша специфика!

Маня вскочила, зацокала своими каблучищами и распахнула дверь в приемную.

— Рит, — проскулила она специальным просительным голосом, — сделайте еще кофе, а?.. — Потом вернулась к Марине. — Ты понимаешь, мне в последнее время все кажется, что я пишу какую-то фигню! Ну, вроде того, как я встала, потом кофе пила, а потом в окно смотрела! Это никому не нужно и неинтересно, а хорошо писать у меня не получается!

— Всегда получалось. А сейчас не получается?

— И никогда не получалось, — упрямо сказала Поливанова, — нету у меня никакого таланта! Нету, и не было никогда!

— Полно бога гневить, — укорила Марина. — Тебе отдохнуть нужно, вот что!..

Маня посмотрела на нее несчастными глазами.

— Вот я и приехала проситься, чтобы ты меня куда-нибудь отвезла! Ну, хоть в деревню, к Цезарю! Возьми меня с собой в деревню, а? Все русские писатели всегда творили свои шедевры в деревне!

— Гоголь творил в Риме.

— В Рим я сейчас не могу. У меня визы нету и настроения тоже нету! Как там Цезарь?

— Спасибо, ничего. Лапу поранил, и Матвей его с утра лечит.

— Лапа — это ужасно, — согласилась Маня. — Лапа долго будет заживать. А что делать, когда душа болит, а не лапа? А, Марин?

Марина посмотрела на нее:

— Работать, — и улыбнулась: — Работать, Манечка. А потом улететь на Камчатку, забраться на вулкан и смотреть на мир сверху. Я тебе точно говорю — это проверенный рецепт!

Они помолчали.

— Слушай, — сказала Марина Николаевна, — сейчас приедет писатель Анатоль Гросс, у него сегодня встреча в нашем магазине. Если ты хочешь его видеть, оставайся. Если нет, то смело можешь уезжать.

— Да, — согласилась Маня, — сейчас поеду. Чего мне на него смотреть! Он концептуалист и романист, а я невесть кто!

Марина вздохнула.

Вот и ее надо утешать, жалеть, подбадривать!

А кто станет утешать, жалеть и подбадривать Марину Николаевну Леденеву?! Ну, хоть кто-нибудь станет?!

— У меня корюшка есть, Мань! — заговорщицким голосом сказала она. — Матвей припрятал, а я нашла! И хоть он и говорит, что она только в марте хороша, а сейчас это уже не корюшка, но я тебе все равно выдам!

Маня Поливанова после того, как несколько лет назад побывала на Чукотке, за анадырскую корюшку готова была душу продать дьяволу.

— Да ты что?! — восторженным шепотом переспросила Маня и оглянулась на дверь, как будто за ней прятались злоумышленники, готовые наброситься и отобрать рыбку. — Как это вы до сих пор не съели?!

— Для тебя берегли. И давай собирайся в Смоленск! В пятницу поедем, а в субботу мы там тебе встречу с читателями организуем! И всю твою хандру как рукой снимет, и может, даже блог не придется вести, или как он там называется?

— Да так и называется!

— Значит, сегодня жаришь корюшку, а в пятницу в Смоленск, и все будет хорошо. Поняла?

Поливанова покивала, что поняла.

Прижав к груди заветный зеленый мешочек, украшенный надписью «Книжный магазин «Москва», в который сложили гостинец из Анадыря, совершенно утешившаяся Поливанова прочувствованно поцеловала Марину Николаевну, и каблуки ее зацокали в коридоре.

Заглянула Рита.

— Марина Николаевна, — сказала она, — прибыл Анатоль Гросс, и с ним его издатель. По-моему, они очень нервничают.

— Понятно.

— И еще...

— Что?

— Позвонили из Кремля.

Марина посмотрела на помощницу.

— Там президент сегодня какого-то арабского шейха принимает. У них переговоры, а потом банкет или фуршет, я не поняла. А после фуршета или банкета шейх собирается заехать к нам. Он утром из «Марриотта» ехал как раз мимо нашего магазина, и он ему очень понравился.

— Шейху? — переспросила Марина. — Наш магазин?

— Ну да. И он теперь собирается заехать. В Кремле интересовались, как работает книжный магазин «Москва»? По-прежнему до часу ночи или нет.

— Книжный магазин «Москва» работает как обычно, — сказала Марина. — Мы все время работаем как обычно. Ты же знаешь.

Приемник на журнальном столике, что-то мурлыкавший все это время, вдруг принялся петь.

«Ты небо рисуешь синим, — расслышала Марина, — а серым рисуешь скалы. Затем мужчин, обязательно сильных, и женщин, конечно, слабых. Но небо лишь изредка сине, а серое вовсе не скалы, и вот приходится быть сильной. А хочется быть слабой».

СОДЕРЖАНИЕ

ТРЕТИЙ ЧЕТВЕРГ НОЯБРЯ. *Повесть* 5

ТВЕРСКАЯ, 8. *Повесть* 161

Литературно-художественное издание

РУССКИЙ БЕСТСЕЛЛЕР

Устинова Татьяна Витальевна

ТРЕТИЙ ЧЕТВЕРГ НОЯБРЯ

Ответственный редактор *О. Рубис*
Редактор *Т. Семенова*
Художественный редактор *А. Стариков*
Технический редактор *Н. Носова*
Компьютерная верстка *И. Домбровская*
Корректор *М. Ионова*

Иллюстрация на обложке *М. Селезнева*

ООО «Издательство «Эксмо»
127299, Москва, ул. Клары Цеткин, д. 18/5. Тел. 411-68-86, 956-39-21.
Home page: **www.eksmo.ru** E-mail: **info@eksmo.ru**

Подписано в печать 18.09.2009. Формат 70×90 $^1/_{32}$.
Гарнитура «Таймс». Печать офсетная. Бумага газ. Усл. печ. л. 11,7.
Тираж 150 000 экз. Заказ № 1369.

Отпечатано с электронных носителей издательства.
ОАО "Тверской полиграфический комбинат". 170024, г. Тверь, пр-т Ленина, 5.
Телефон: (4822) 44-52-03, 44-50-34, Телефон/факс: (4822)44-42-15
Home page - www.tverpk.ru Электронная почта (E-mail) - sales@tverpk.ru

Оптовая торговля книгами «Эксмо»:
ООО «ТД «Эксмо». 142702, Московская обл., Ленинский р-н, г. Видное,
Белокаменное ш., д. 1, многоканальный тел. 411-50-74.
E-mail: **reception@eksmo-sale.ru**

***По вопросам приобретения книг «Эксмо»
зарубежными оптовыми покупателями***
обращаться в отдел зарубежных продаж ТД «Эксмо»
E-mail: **international@eksmo-sale.ru**

International Sales: *International wholesale customers should contact
Foreign Sales Department of Trading House «Eksmo» for their orders.*
international@eksmo-sale.ru

***По вопросам заказа книг корпоративным клиентам,
в том числе в специальном оформлении,***
обращаться по тел. **411-68-59** *доб.* **2115, 2117, 2118.**
E-mail: **vipzakaz@eksmo.ru**

***Оптовая торговля бумажно-беловыми
и канцелярскими товарами для школы и офиса «Канц-Эксмо»:***
Компания «Канц-Эксмо»: 142700, Московская обл., Ленинский р-н,
г. Видное-2, Белокаменное ш., д. 1, а/я 5.
Тел./факс +7 (495) 745-28-87 (многоканальный).
e-mail: **kanc@eksmo-sale.ru**, сайт: **www.kanc-eksmo.ru**

Полный ассортимент книг издательства «Эксмо» для оптовых покупателей:
В Санкт-Петербурге: ООО СЗКО, пр-т Обуховской Обороны, д. 84Е.
Тел. (812) 365-46-03/04.
В Нижнем Новгороде: ООО ТД «Эксмо НН», ул. Маршала Воронова, д. 3.
Тел. (8312) 72-36-70.
В Казани: Филиал ООО «РДЦ-Самара», ул. Фрезерная, д. 5.
Тел. (843) 570-40-45/46.
В Самаре: ООО «РДЦ-Самара», пр-т Кирова, д. 75/1, литера «Е».
Тел. (846) 269-66-70.
В Ростове-на-Дону: ООО «РДЦ-Ростов», пр. Стачки, 243А.
Тел. (863) 220-19-34.
В Екатеринбурге: ООО «РДЦ-Екатеринбург», ул. Прибалтийская, д. 24а.
Тел. (343) 378-49-45.
В Киеве: ООО «РДЦ Эксмо-Украина», Московский пр-т, д. 9.
Тел./факс (044) 495-79-80/81.
Во Львове: ТП ООО «Эксмо-Запад», ул. Бузкова, д. 2.
Тел./факс (032) 245-00-19.
В Симферополе: ООО «Эксмо-Крым», ул. Киевская, д. 153.
Тел./факс (0652) 22-90-03, 54-32-99.
В Казахстане: ТОО «РДЦ-Алматы», ул. Домбровского, д. 3а.
Тел./факс (727) 251-59-90/91. **rdc-almaty@mail.ru**

Полный ассортимент продукции издательства «Эксмо»:
В Москве в сети магазинов «Новый книжный»:
Центральный магазин — Москва, Сухаревская пл., 12.
Тел.: 937-85-81, 780-58-81.
Волгоградский пр-т, д. 78, тел. 177-22-11; ул. Братиславская, д. 12.
Тел. 346-99-95.
В Санкт-Петербурге в сети магазинов «Буквоед»:
«Магазин на Невском», д. 13. Тел. (812) 310-22-44.